U0439782

黑潔明
鬼牌
上
紅眼意外調查公司之八

狩獵遊戲規則

玩家可自行挑選遊戲中之狩獵者與獵物任意下注。

獵物無等級差別，每注價碼均相同。

狩獵者有等級之分，等級越高，一注價碼越高。

狩獵者與獵物均有詳細背景資料以供查詢。

獵物若死亡，下注金額將自動轉移至狩獵者所屬玩家。

狩獵者若死亡，其身上之下注金額亦比照辦理。

玩家下注金額不可取消，但能任意對尚在遊戲中的狩獵者及獵物加碼。

玩家可參加競標購買狩獵者，對其進行專業技能訓練，並獲得狩獵者參加遊戲贏取之賭注。

遊戲一旦開始，除非獵物全數死亡，遊戲不會結束。

The Game

黑夜降臨。

城市裡，高樓林立。

在這都市叢林中，道路縱橫交錯著。

街燈如點點星光散立於街頭，那一盞盞明亮的燈火，連成無數條發亮的線，在暗夜中織成了網。

明亮的燈網中，一位身穿高級訂製西裝的男人坐在黑頭轎車裡，任司機載他前往大網深處。

黑頭轎車的窗戶是特製的，男人剛上車就發現這玻璃有鬼，不只外面看不透車裡，坐車裡的人也看不到外頭，分隔前後座的玻璃在他上車時就變黑了，他本能想後退，但他壓抑住那衝動擰起不悅的眉頭，坐上了車。

寬敞的後座除他之外空無一人，可他知這裡安裝了隱藏式鏡頭監視著一切。

在這宛如鐵棺材般的轎車裡，他泰然自若的翹起了腳，將雙手在腿上交疊，十分乾脆的垂眼閉目養神，甚至沒費事掏出手機來，因為清楚這輛車必定有著防護，讓人收不到訊號。

變色車窗是為了保密，不教車外的人看見車裡坐了什麼樣的人，也不讓車內的人知道走了哪條路，經過了哪裡，又要前往何方。

黑車往前開著，七繞八轉，左拐右彎，繞得人早已失去方向，也失去了時間感。

不知過了多久，車子終於停下。

緊閉的車門被人打開了，門外站著一位身穿黑西裝，黑髮梳綁成髻的女人。

女人是個黃種人，有著東方人的五官，不算特別亮麗，但也不難看，身高適中，體重適中，沒有太多個人特色。

車門是她開的，隨即她就畢恭畢敬的站在一旁。

他露出不耐的表情，壓著脾氣下了車，那女人朝他微一頷首，同時遞出一張純白面具，「您好，我是您的領位員L，這是您的面具。」

女人的聲音十分輕柔好聽，臉上卻面無表情。

他看著那張面具，挑了下眉，冷聲嗤笑：「我不需要這東西。」

西裝女聞言，也不勉強，只將面具交給身邊另一位服務生，方看著他，用那輕柔的聲嗓道：「請隨我來。」

那是一處很普通的室內停車場，天花板上有著整齊的管線，遠方的牆上沒有開窗，但那也不意味著在地下室，至少他方才沒有車子明顯往下行進的感覺，一眼看出去，還真的很難說這是在哪裡。

這地方有些詭異，但他沒再多看，只舉步跟上。

西裝女來到一扇門外，湊上前讓安全系統辨視她的臉和虹膜，掌心向上示意他也照做。

他照著做，系統辨識了他的身份，那扇門在下一瞬跟著打開，將兩人放行。

門後是條明亮整潔的走道，白色的燈光、白色的牆面與黑色的地板，這石造的牆面與地板，用的是人造的高壓石材，可不會比一般天然的便宜，但更易清潔和維持，他懷疑來到此處的人，有多少人知道為何這裡要使用這樣的人造石材。

容易清潔就意謂若有意外，清起血跡比較方便。

他不動聲色的跟著眼前的女人，走在光可鑑人的地板上，進入了電梯，電梯裡只有一個緊急停止的按鈕，和一個液晶螢幕，上頭卻沒有顯示樓層，只在兩人進入後就關上門，直接動了起來。

那陡升感讓人心頭一跳，但他依然維持鎮定，只把嘴角撇了一撇，顯示出不以為然的模樣。

與此同時，男人注意到，電梯裡無明顯的監視系統，不表示真的沒有，面板螢幕沒有顯示樓層，意謂這電梯是完全受到系統控制的。

簡言之，沒有經過同意，無法輕易出入。

驀地，電梯停下，門自動開了，外頭是一座富麗堂皇的大廳，挑高的天花板上垂掛著璀璨奢華的水晶吊燈，地上鋪著高級的手工波斯地毯，在正前方有一扇以寶藍色天鵝絨當表布的大門，門前站著兩位長相俊秀的服務生，他一眼就看出這兩人是練家子。

服務生一見人來，便一左一右的把門拉開，垂首躬身候在一旁。

「先生裡面請。」西裝女輕聲再開口。

那輕柔好聽的聲音，讓他後頸寒毛莫名豎起，活像碰到靜電似的。

嘖，太緊張了。

他在心中自嘲的想著，幸好這場面會緊張也算正常。他深吸口氣，忍住想摸脖子的衝動，忽略那女人的聲音，把注意力放到門內。

大門內不像外面這般敞亮，但也不會太暗，能隱約看到有不少長得很像豪華按摩椅的單人沙發座，每個沙發座旁都有比沙發椅更加低矮的餐桌，餐桌上甚至有往下凹陷的杯架。

門裡也是個挑高設計的空間，有不少座位都已經有人坐在其中，有男有女，有老有少，有些穿著華麗，也有隨便就直接穿著名牌運動服的，甚至有人穿著睡衣，但每個人都帶著面具，西裝女再次領路往前，他沒在門外多加停留，直接跟著走進去，雖然有人自顧自的做自己的事，但有半數以上的人都忍不住朝他看來，就算沒抬頭的，他清楚他們也在看。

他沒有戴面具，而人是好奇的動物。

人們戴面具是為了隱瞞身份，為了想要保護自己，他們防的不是這兒的主人，他們是怕在場的其他人認出自己是誰。

他猜現場有不少人互相熟識，不過既然是熟人，那就更加心照不宣，怕的是不熟的那些，這些衣服和面具都是偽裝，為了不讓人輕易認出來。

像他這樣完全不遮不掩的，他一眼望去還真沒有。

他一臉自在的穿過那些間隔都有一段距離的沙發座，直到領位的西裝女將他帶到一個空位前。

無視那些窺探的眼神與私語，他旁若無人的在沙發上坐下。

西裝女為他送上冰在冰桶裡的香檳，替他倒了一杯，擱在那有點低矮的桌上，這才安靜的退了出去。

他伸手去拿那杯冒著氣泡的香檳，輕啜一口，同時看了眼手錶，露出些許不耐的表情，但內心卻暗暗有些驚異。

來此之前，他知道這兒有大螢幕，他也聽說過這地方的設備很驚人，但眼前的螢幕並不是一個大螢幕而已，那螢幕由下而上，直至上方的穹頂，甚至到了身後，也就是說整個半圓形罩住座位區的穹頂都是螢幕，這地方是個三百六十度環景的座位區，餐桌會做得這麼低矮，就是為了不讓桌上的物體擋到視線，所以其他人都能很清楚的看到旁邊的人。

雖然戴著面具，極力佯裝，人們還是忍不住互相打量著，就在這時，燈光開始減弱，他身下的椅子突然動了起來，讓他緩緩往後傾倒，有幾個第一次來的人發出了驚呼聲，大部分的老手則早已習慣的跟著沙發躺下，這安撫了那些新手，讓他們也跟著躺了下來。

他不動聲色，不驚不慌，只在沙發開始傾斜時，再啜了一口香檳，才把香檳放回矮桌的杯架上，然後自在的躺下，身下的電動沙發緩緩停在一個讓人能舒服躺平，仰望著上方穹頂的角度。

他才剛躺好，輕快的音樂便已響起，配合著那樂音，眼前出現了立體的影像，一條金色的小蛇浮現，繞成了躺平的數字8，形成一個發光的無限符號。

那發光的符號變得更亮，然後往外擴散消失，取而代之的，是一處位在偏遠山區的廢棄城鎮，他能看見那些老舊生鏽的重型機具，已開始長滿藤蔓的屋子，牆面上剝落的油漆，老舊的招牌，久沒維修的鐵軌，還有不遠處的廢棄礦坑。

到這時，他才驚覺竟連身旁地板也是螢幕，讓他吃驚的不只這點，除了螢幕上的風景，有許多近物竟都是3D投影，讓人恍若身歷其境，所有的景物都隨著鏡頭的拉近，經過他的周圍，好像他正身處其中，正飛越過這不知在何處的廢棄小鎮。

他很清楚，這意味著小鎮中顯然被裝了無數個鏡頭，並且經過了最先進的AI計算，才能讓這樣的立體影像呈現在這三百六十度環景的劇院中。

以往要看這樣的3D畫面，都需要戴上沉重的VR眼鏡，至少也要有個3D眼鏡，但他清楚自己沒有戴，在場的人都沒有，眼前的景象卻遠超他之前看過的所有立體成像技術。

這讓他心中暗暗又驚，但他只是將雙手交扣在身前，淡漠地看著眼前的景象。

驀地，清亮溫柔的女聲在耳邊響起。

「親愛的玩家您好，恭喜您成為我們本期的VIP，獲選參加這次的遊戲。本期我們非常幸運，發現一位優秀的獵物，二十號！獵物二十號是一名傳說中的調查記者——」

畫面拉近，滑行過街巷，畫質好得嚇人，甚至連地上因風而起的沙塵都像是直接撲上了臉。

「該記者以P.H之名，揭發許多醜聞而聞名於世，在此之前，世人皆不知其性別、年齡、外貌，直到我們得到了線索，邀請她參加我們的遊戲，讓我們驚喜的是，前幾天二十號僅憑自己一人就解決掉了第七區Level 1中的所有獵人——」

隨著介紹的語音，一名黑髮女子潛行在街頭與叢林中，用乾淨俐落的身手偷襲解決了一個又一個的獵人，甚至在最後發現隱藏的攝影機在拍攝她時，一槍打爆了那個鏡頭。

可即便如此，畫面仍未消失，只是換了一個方向拍攝她，讓這女人好似就在眼前，周圍燃燒的火燄，清楚映照著她沒有表情的臉，就連她飛揚的髮絲、眼中的倒影都清晰可見。

正當她轉身試圖離開時，遠方飛來了一架無人機，在她還來不及反應時，那架無人機開了槍，將她擊倒在地。

「別擔心，二十號只是被暫時麻醉，並未受到實質上的傷害。經由二十號參與Level 1的過程，我們判定二十號身手非凡，擁有特殊技能與體能，是極其珍貴的獵物，我們已為她做過檢查，並戴上獵物手環，安置在Level 2的獵場中。因為這個意外的驚喜，我們提升了第七區的遊戲難度，因該區除了二十號，其他獵物及獵人皆已身亡，我們重新增補了第七區的獵物與獵人，所有達到等級的玩家皆可參與遊戲。」

畫面再次切換，開始一位一位介紹其他獵物，從職業到身高體重，再至擅長的武術與技能，所有相關資料都隨著獵物畫面被一一條列備註在一旁。

當獵物介紹完之後，畫面再次切換，開始介紹一個又一個的獵人，從其過往經歷到配備的武器，取得的裝備，以及擁有者的帳號皆無一遺漏，當然擁有者的帳號不是現實世界中的真名，但在這遊戲中，卻幾乎是人盡皆知，有些獵人一出現，就驚起右下方的聊天室區裡些許騷動；其中三位擁有者的帳號一出，就連現場也有人吹起口哨叫好鼓掌，當然也不乏有不屑嫉妒的叫嚷。

他注意到當系統開始說話時，一塊玻璃從座椅旁伸了出來，聊天室是另外顯示在這透明玻璃上，和上方那3D的主畫面是分開的，玻璃上顯示著鍵盤，能直接伸手去打字操控；鍵盤上也有麥克風圖示，顯然也能使用語音輸入。

在系統忙著說明規則介紹二十號和獵物獵人時，他不動聲色的環顧四周，發現雖然鍵盤大多都顯示英文，但有些人的鍵盤有著不同的文字，從方才的騷動中他瞬間辨識出那三位獵人的擁有者都在現場，全是VIP，三個都在他前方，他側著腦袋觀察，所有的座椅都在系統介紹前就已轉向移動，呈圓形朝向中央。

在最中間有個圓形的空地，越靠近那裡越接近中心，也就是說那裡是位置和視線最好的地方。

他挑了下眉，看到那兒的人雖然戴著面具，卻也遮不住面具下的自傲與得意。

他拉回視線，繼續抬頭看向上方的3D主畫面。

主要幾位獵人的介紹結束之後，畫面來到了一處綠色叢林上方，這俯瞰的視角一看就知道是空拍機拍的。

「第七區Level 2的遊戲今日即將開始，遊戲時間將視情況而定，可能長達數天，若您需要休息或用餐，可按下您鍵盤上的服務按鈕，選取點餐或休息，領位員會為您送餐，若想至餐廳用餐，我們也有餐廳和廚師為您特製餐點，您可以從子畫面上看到菜單，若需要休息，領位員會為您帶路，到屬於您的專屬房間，房間裡也有小型的VR眼鏡，讓您能隨時追蹤遊戲進程。主廳這兒，會二十四小時追蹤二十號的實況，若您想在主廳查看自家獵人或其他獵物動向，也可拿取在您桌子下方的VR眼鏡配戴，讓您可以即時追蹤您的獵人與獵物。當然，如果您覺得既然已經在主廳了，不想透過VR眼鏡，想直接在主廳觀看二十號之外的獵物，您也可以隨時出價，取得主廳播放觀看主導權。」

他聞言冷笑一聲，看來這遊戲方很懂得賺錢啊。

「在此提醒您，若獵物順利晉級，我們將針對VIP開放晉級獵物的競標，得標者之後可以擁有培育獵物成為獵人的資格。」

磅礴的音樂響起，女音跟著揚聲高亢，歡快的宣告。

「第七區，Level 2，遊戲開始！」

鏡頭拉近，穿越叢林，下一秒，畫面便被切換至寬闊的河岸，而先前那位二十號女子，正動也不動的趴躺在河岸沙石上，一條溪水從她身旁流過，不用系統旁白多事補充說明，他已經發現那條溪水正以肉眼可見的速度在暴漲，與此同時，畫面切換遠方山頭，只見那兒已烏雲密佈，山上已是大雨傾盆。

畫面回到二十號，溪水開始觸碰到她，沖刷著她的身體和手腳，浸濕了她的衣物。

「那麼，親愛的玩家，二十號能否來得及清醒過來呢？請下注！」

下注的金額飛快攀升，時間一分一秒的過去，她仍昏睡著，正在他以為她的麻醉藥還來不及退去時，女人的眼睫輕顫，醒了過來。

幾乎在同時，滾滾的山洪已從遠方傾洩而下。

女人清醒的第一時間，就迅速搞清楚了狀況，她爬起來朝河岸旁地勢較高的叢林拔足狂奔，影像切割成兩個畫面，一個空拍山洪沖刷而下的進度，一個追蹤著她，然後兩個畫面合而為一，聊天室裡的字幕快速跳動，但大概沒人有空多看一眼。

他看見山洪朝那女人衝了過來，也朝他衝了過來，那景象如此真實，洪水震地的聲音那般近在耳畔，讓他心跳飛快，跟著他很快發現他會有這種感覺，是因為身下的座椅也正微微震動著，模擬著山洪的震動。

當她在最後一刻被山洪沖回暴漲的河水裡時，那渾濁強勁的水花也撲了上來，座椅也突然大力震動了一下，教他明知眼前是投射的畫面，仍不自禁的屏住了呼吸。

女人在泥水中載浮載沉，眼前除了夾雜土石的泥水之外，根本什麼也看不清，然後畫面再次被切換到空拍鏡頭，在那滾滾的山洪中搜尋女人的身影。

一開始他什麼也沒看見，聊天室裡也到處都是玩家的追問，有人發起了新的生死賭注，他想也沒想就按下驚人的金額下注，引起些許驚呼。

正當人們想看是誰押了如此驚人的金額時，鏡頭找到了那個女人，她奇蹟似的回到了岸邊，抓到了一枝低垂的樹枝，強行把自己拉出了渾濁的河水。

他看著那個全身濕透站在河邊，好似就在眼前的女人，瞬間鬆了口氣，才發現自己方才緊張的屏住了呼吸。

扯了下嘴角，他仰起下巴，輕哼一聲，將兩手重新交疊成金字塔狀，擱在堅實的腹部上。

與此同時，他的帳號出現在眼前，亮著立體的光影，跟著是他贏得的金額，還配上了大筆金幣鏘啷鏘啷落地的獎勵特效和聲響。

「看來，我有一個好的開始。」

這話一出口，同樣的字句就被顯示在眼前，還泛著光呢，讓他知道這座椅同時也配備著極為良好的收音設備，不只能自動收音，也能即時將他說出的話輸入成文字。

他眼微瞇，唇角一掀，露出狼一般狠戾的微笑。

「很好，我喜歡。」

第一章

數十日前——

每個人都有喜歡的事物，一些小小的癖好。

有些人喜歡看書，有些人喜歡打電玩，有些人愛吃，有些人愛爬山。

而他，喜歡打理自己。

男人每天都會在早上六點醒來，躺在床上深呼吸，整理一下思緒，跟著才起身下床喝一大瓶溫水，再慢慢伸展自己的身體，感受每一束肌肉的收縮，最後再打坐冥想，靠著呼吸清除思緒。

六點半，音響自動播放起輕柔的音樂，他在那舒緩的音樂聲中，走進浴室拉出細長的牙線清潔牙縫，用電動牙刷刷牙，再拿手工洗面皂打出細緻的泡沫洗臉，當然他指腹的動作無比輕柔，甚至按摩臉部的動作都有一定的手勢和順序。

他不是那種鬍子長很快的人，不過還是會每天檢查一下，他喜歡維持臉部的乾淨。當然，他也不會忘記修整眉型，檢查眉心是否長了雜毛。

盥洗好，他走回臥室。

窗邊的咖啡機早已事先定時預約好，沖泡了一杯熱燙燙的咖啡。

來到落地窗前，看著眼前寬闊的風景，他拿起咖啡杯，心滿意足的邊喝著咖啡，一邊看著前方腳下的天地與城市緩緩甦醒。

這棟屋子位在半山腰上的豪宅區，這地區的房子，每一戶都擁有極好的隱私，住戶皆是富商名人，房價動輒上千萬美金，屋子與屋子中間都有石磚與綠植隔開，而他所擁有的這棟，不只有前庭後院，還有著寬敞的車庫、私人的無邊際泳池，且無論從客廳或主臥、書房、健身房都擁有極好的視野，一眼就能看到山下的城市，以及更遠方的藍天及大海。

七點，臥室裡其中一面牆準時無聲自動打開，電動衣櫥緩緩旋轉著，送上每日衣物，他看都不看，直接拿起運動衣穿上，到餐廳打開電子鍋拿出預約煮好的水煮蛋和地瓜，從冰箱裡拿出生菜沙拉，再切了半顆蘋果當早餐，這才走出主臥到健身房慢跑。

有些人喜歡沒吃早餐就運動，但他更喜好進行有效率的運動。食物是燃料，身體是引擎。

一直以來，這就是他的每日銘言之一，許多年前，他就已習慣精算每一克熱量的進與出。

慢跑熱身完之後，才是他每日固定的重量訓練。

八點，他準時結束重訓和拉筋，走回浴室沖澡。

洗去一身熱汗，他站在浴室中那面通了電能防止霧氣的全身鏡前。

抬起手，他將濕髮往後耙梳，順便側過身子，上上下下都看過一遍，確認肌肉的線條，查看是否有不知名的痘子或疹子冒出來。

看著全身鏡裡那張稜角分明的臉、結實健美的身體，他深感滿意。

揚起嘴角，他對鏡中的自己讚賞的點了下頭，這才伸手去拿來浴巾，擦拭掉身上的水珠，吹乾頭髮，替全身上下都抹上乳液，這才把浴巾裹在腰臀上，重新回到電動衣櫥那兒，在衣櫥旁特製的三面全身鏡前，慢條斯理的穿上今日的衣物。

他所有的衣物都是高級手工訂製衣，他喜歡那些舒適的布料，軟滑的真絲，柔軟的喀什米爾羊毛，堅韌的皮衣，緊密的針腳，不多一吋、不少一吋，為他量身打造的合身衣物。

他有一副好身材，還有一張帥氣有型的臉，他是個完美的衣架子。

看著全身鏡裡的男人，他對其挑眉，小心的拿梳子和吹風機，替自己吹整了一個帥氣的髮型，不忘抓了些許髮膠定型。

大部分的人都以為長相好看的帥哥不需要費心打扮自己，但他很清楚，想要天天保持帥氣有型，也是要付出不少努力的。

整理好頭髮之後，他最後再特別把黑襯衫的袖口解開，反折到手臂上，確定兩手襯衫衣袖有對稱，再解開前兩顆釦子，然後挑了一支有著寶藍色錶面和銀色錶帶的高級手錶戴上。

低調但價格不菲的銀錶在他今日藍黑色的衣著中，顯得特別亮眼帥氣，有著畫龍點睛的效果。

瞧著鏡中人，他嘴角再次輕揚。

很好。

老天爺給了他一副不錯的樣貌，而他喜歡維持這好看的型男模樣。

最後的最後，他為自己挑上一雙好看又好穿的鞋，套上西裝外套。

在確定鏡子裡的自己看起來又酷又帥之後，他這才轉身朝門口走去，準備開始他規律又愉快的一天。

他伸手拉開了大門——

門外站了個男人，男人也有張帥氣的臉，一看見他，那張臉就露出了開心的笑，對著他招手。

「嗨。」

看著那男人，他只覺得頭皮一陣發麻，沒有想，他火速就要把門關上，但在他僵住的那一秒，已足夠讓那不要臉的傢伙把臭腳踩進門內。

他反射性伸手出拳，但那王八蛋側身閃過，給了他手肘內側一拳，逼他鬆手無法關門，當然不忘更進一步，整個人就像隻滑溜的泥鰍一般，從旁擠了進來。

他應該要放棄，但他忍不住，左手已朝那傢伙的臉上襲去，男人屈身再閃，右拳閃電般回了一記上勾拳，打掉他的攻擊，兩人在門邊火速對了幾招，雙雙都沒討上好處，然後下一秒，他把藏在腰帶裡的匕首抵上了那傢伙腋下的大動脈上，男人的拇指卻壓上了他的眼珠子。

幾乎在同時，兩人雙雙停了下來。

「Shit！」他咒罵出聲。

男人則笑了出來，然後收了手。

他沒有收手，仍把匕首抵著對方的大動脈，但男人只是嘻皮笑臉的看著他，老神在在的對著他挑眉。

「好了，把刀收起來吧，我們都知道你不會動手的。」

他瞇眼瞪著眼前這傢伙，低叱：「你他媽的在這做什麼？」

男人再笑，朝他眨了下眼道：「親愛的，我既然會在這，當然是為了討債啊。」

他一僵，只聽男人笑看著他說。

「別告訴我，你已經忘了當年欠下的債。」

他沒忘，就是沒有，才不想讓他進門，才更不爽。

「我以為我該還的都還了！你這次又想起什麼荒唐的名目？」

男人露出一臉無恥的笑，「救命之恩，這個人情債如何？」

聞言，他一僵，因為無法辯駁而啞口。

可惡，他和以前已經不一樣了，如今他的日子過得很平靜、很舒爽，他每天都可以穿得乾乾淨淨、漂漂亮亮的，吃他喜歡吃的東西，做他喜歡做的事情，他有不只一間正當經營的公司，還有許多員工，賺了大把鈔票——

想起這男人有多愛錢，他張嘴就想提議用錢買回那人情債，但這念頭剛閃過，他就知道行不通，雖然已經離開那一行，但他確實聽到過一些小道消息。

這男人現在缺的不是錢，他找到了金主，還是真正擁有好幾座金山銀山的那種超級大金主。

他多年打拚出來的一切，相比之下，也就只是那位金主腳下的一粒沙而已，這傢伙如今都有金山可靠了，八成也不可能看得上他所擁有的這粒小金沙。

「你是不會放過我的，對吧？」他瞇眼低叱。

特意上門來討債的韓武麒莞爾一笑，「如果我和你說，阿峰和阿萬也回來了，你會不會感覺好一點？」

「哈！阿峰就算了。阿萬？你少唬爛了！」他嗤笑一聲，嘲弄著，他清楚阿萬那傢伙當初會跑掉的原因，可不是三言兩語就能讓他回鍋的。

「好吧，我承認，阿萬是沒回來。」韓武麒承認，笑著補了一句：「還沒。」

他一怔，見這男人得意的樣子，忽然領悟，脫口道：「靠！你打算把那女人騙回去？」

「什麼騙？你這小子會不會說話？」韓武麒眼也不眨，臉皮超厚的笑著說：「我是說服，說服，OK？我可沒打算瞞霍香什麼，但我相信她在明白了所有的前因後果之後，會做出正確的決定。既然霍香都會回來，相信阿萬想通也是遲早的事。」

聞言，他臉色一沉，收回了匕首，只回了一句髒話。

「Fuck！」他很清楚這傢伙說得沒錯，霍香本來就是當年這傢伙特別塞去給阿萬的，那女人從頭到尾都是這男人手中的棋，恐怕他們幾個從頭到尾也沒翻出過他的掌心。

他真的超級不爽，但還是忍不住問。

「你這次他媽的又捅了什麼馬蜂窩？」

他很清楚若不是遇到麻煩，這男人不會把霍香和那兩個人都找回來，更別提來和他討這個救命之恩的人情債了。

「嘿，這次可不是我主動的，是馬蜂窩自己找上來的。」一等那致命的匕首離開大動脈，男人伸了個懶腰，逕自往屋裡走去，掏出黑色小方塊，讓它投射出影像在牆上，才回身面對那個把自己上上下下打理得萬分乾淨整潔，且正對著他皺眉的潔癖男，心知他會不爽，他還是一屁股坐上那張雪白的高級沙發，把腳擱上一塵不染的茶几桌面，快速簡單的道。

「有群人搞了一個狩獵人類的遊戲，他們培養獵人，給予武器與資源，並拿其下注，幕後有各方勢力參雜在其中。」他邊解說邊播放遊戲中的影像給這傢伙看，清楚曉得這些影像會引起這男人的注意。

「這之中，大多數的獵人都是犯罪者，有許多是連續殺人犯，很多都是有軍事背景的傭兵、殺手，就算在其中看到不少應該早就被處以死刑或傳說已經掛掉死透的熟面孔也不用太意外。」

看著投射在牆上的影像，男人不自覺走了過來，挑眉脫口問：「這是在古蹟裡嗎？」

「沒錯。」韓武麒看他一眼，道：「這些遊戲的獵場大多都在古蹟裡，所在之處遍及全球，甚至有些古蹟是人們未曾發現過的上古文明。」

男人忍不住伸出手，熟練的操控那黑色小方塊，查看上頭的影像和資料。

清楚這傢伙一直以來都有和阿震聯絡，才會如此熟悉這個小方塊，韓武麒沒阻止他，只開口說：「我不敢說被迫參加這場遊戲裡所有的獵物都很無辜，但大部分罪不致死，這陣子也有不少勢力特別送了一些人進去，你可以看見，不管是獵人或獵物，他們使用的武器有很多都——」

「是最新的科技。」他沒等韓說完，就開口點出這件事，一邊放大檢查那些人使用的武器和配備，他認出了幾個國家不曾公開的武器和裝備，也看到了幾個確實應該早就掛掉的死刑犯和闇影殺手。

當他認出第一位闇影殺手時，他就知道為何韓武麒這麼有把握阿萬會願意回來替這賊頭辦事。

即便阿萬不願意承認，但有長眼的都知道他有多在乎身邊那個出自闇影的女人。

他沒問韓想要他做什麼，他清楚他為什麼會找上門來，但他仍是忍不住試圖掙扎：「如果你是想找人混進去，我以為肯恩就有足夠的技術。」

他當初離開時，就已把自己所知所學全數教給肯恩了，畢竟當年他的學費都是這男人出的。

韓武麒笑了笑，「確實，名師出高徒，你把他教得很好，但這些獵場不只一個，我需要的人也不只一位。」

他眼一瞇，低哼：「屠歡不是還釣了那位『幽靈』回來？」

「你消息很靈通嘛。」韓武麒噙著笑，注意到他說歸說，卻沒有停下查看那些資料的動作，於是再道：「可惜傑克雖然十分精通神出鬼沒，但他擅長的是快進快出，他和你的特長不一樣，在你精通的那方面，他無法像你這樣出神入化，沒人能像你一樣。」

對這賊頭的奉承，他只用鼻孔再哼嗤一聲，但手上操控資料的動作還是沒停下，他快速的瀏覽那些屠震整理過的影像與資料，當他意識到他忍不住在腦海中分析歸納那些人的樣貌和身體特徵時，知道自己還是中了招。

可惡。

這該死的王八蛋實在太瞭解他了。

「我喜歡我現在的生活。」他平鋪直述的說。

「我明白。」韓武麒點頭。

「我開豪車、住豪宅，年收千萬。」他鼻翼歙張冷聲宣告。

「我瞭解。」韓武麒微笑再頷首，沒戳破這臭小子那根本不只千萬的收入。

「媽的，我不會蠢到拋下這乾淨、美好、愉快又輕鬆的人生！」他惱怒的低斥。

「嗯嗯，我知道。」韓武麒看著眼前那仍盯著投射影像查看的男人，嘴角噙著笑，往後放鬆的靠在沙發上，雙手交叉在胸前，邊道：「等你搞定這次的案子，你很快就能回來開豪車、住豪宅，繼續過你這輕鬆、乾淨、愉快又美好的人生，到時我們就兩不相欠，我保證不會再來騷擾你。」

說完，他打了一個大大的呵欠，才又道。

「你慢慢看，我先瞇一下。」

邊說他邊喟嘆了口氣，補充。

「對了，阿光在這遊戲裡。」

男人第一時間還沒反應過來，然後才在這賊頭的補充說明中意識到他在說什麼，不禁心頭一跳。

「雖然阿震和阿磊用 AI 做過人臉辨識，我們也看過很多遍了，但你比我們都還能辨識人們的不同，若是有看到像阿光的傢伙，記得說一聲。」

他猛地回頭，就看見韓武麒已閉上了眼，陷入半昏睡的狀態。

「怎麼可能？」他脫口就問：「我以為阿光早就落海死了。」

沙發上的男人睜開疲累的眼，看著他，「他沒死，至少我希望還沒，相關資料在第一個檔案……」

話聲方落，那賊頭就再次閉上了眼。

他簡直不敢相信自己聽到了什麼，但他清楚這男人不會拿莫森的孩子開玩笑。

他暗咒一聲，回頭叫出檔案，一眼就看到那個少年的影像。

錄影的時間已過去許久，超過十年以上，但影像依然十分清楚，那是雙胞胎的另一個沒錯，他是少數從一開始就能輕易分辨他們的人之一。雖然當年他還在唸書，放寒暑假他才會和武哥回老家，可雙胞胎幾乎是他看著長大的，他清楚記得他們的模樣，記得他們老是愛跟在他屁股後面跑，記得他們有多皮，笑起來有多可愛，當然也記得意外發生時情況有多糟，那意外影響了他們所有人，包括他。

他不敢相信阿光還活著，可影片裡的少年確實是阿光。

看著阿光在遊戲裡奮力求生、倉皇奔逃的身影，他這才明白為何韓武麒要親自來和他討這個積欠多年的人情債。

鐵青著臉，他認命的拿起手機連絡萊斯里，和他乾淨、美好、愉快又輕鬆的人生說再見。

暫時的。

他告訴自己，暫時說再見而已。

媽的！

他忍住想把這聞起來像是三天沒洗澡的賊頭踹下他乾淨沙發的衝動，不爽的在那三秒就睡死的傢伙身旁坐下，因為他沒忽略這顯然也已經三天沒睡覺的男人閉上眼之前，眼底透出的闇黑，幾乎在那瞬間，他就已意識到一件事。

這傢伙只說阿光人在遊戲裡，沒說他是什麼身份。

或許當年一開始阿光只是獵物，但根據他方才看到的資料，也有獵物後來被逼成了獵人。

FUCK！

這世界真是他媽的爛透了！

在心底忍不住再咒罵一句，他這才從頭開始把所有影像和資料全都仔仔細細的重看一遍——

✣ ✣ ✣

今時今日

這是一個獵人遊戲。

平常的玩家只能透過網路下注或操縱獵人，而付了大把鈔票升級的VIP玩家，經過競標之後，可以直接到這遊戲的主廳來參與現場活動。

像是他。

比起在家自嗨，顯然來到這個遊戲主辦單位提供的場地，和其他玩家現場較勁更加緊張精彩刺激。

第一天主廳播放著二十號的畫面，讓人驚異的是，所有的玩家很快就發現，畫面要追著那二十號獵物竟然不是件容易的事，她很快就把手上的獵物手環包了起來，讓人無法透過手環看見她。

而遍佈森林裡的鏡頭，雖然能捕捉到她，但也不是那麼簡單。

她遇到海豹特種部隊時，成為新進玩家的他再次下注在她身上。

她也再次為他贏得了大筆賭金，但那女人受了傷，然後跑去躲了起來，躲藏在鏡頭之外，當然他們可以定位她的位置，鏡頭也對著她最後消失的那棵大樹，不過她把自己藏得很好，有那麼好一陣子，沒人看得到她在哪裡。

男人注意到聊天室裡，有些不在VIP廳裡的普通玩家抱怨著這件事，顯示若等級不夠的玩家，是根本連看都看不到二十號的定位，不知道她人現在在哪裡，想看更多的消息，需要付錢購買。

因為她躲藏起來，主廳一度被幾位玩家競標購買了播放權，目的當然是想展示炫耀自家的獵人，不過那播放權可是有起標價的，實際上並不便宜，加上二十號實在太引人注意，所以在輪番炫耀完之後，主畫面又回到了二十號身上。

天黑了，定位顯示她沒有動，有些人無聊了，開始點餐吃飯，他沒留在位子上，只是按了服務鈴，先前那位西裝女很快就再次出現。

「餐廳在哪？」他問。

「請和我來。」西裝女輕聲說著。

她帶著他穿越主廳，從另一扇門出去，沒走多久就到了一間餐廳。

讓人驚訝的是，這兒雖然在室內，那間餐廳卻有巨大的落地窗，落地窗外種滿了熱帶植物，各式各樣的花草與綠意盡入眼簾，讓人看了就萬分舒心，他意識到窗外是座人造的溫室花園，溫室裡草木茂盛，他一眼看不到盡頭，只隱約看見花草之後有座噴水池。

西裝女領他到落地窗旁坐下，為他送上菜單，他一邊翻看菜單，一邊隨意的問。

「這兒還有什麼設施？」

「除了中西餐廳之外，還有三溫暖和泳池、健身房。」西裝女輕聲細語的介紹著：「我們的廚師都有三星等級的料理技術，也有專業的健身教練，和頂級的SPA按摩師，其它所有的設施與服務項目，在您的螢幕選單上都能查看。」

「嗯。」他點頭，伸出手指輕點著一道菲力套餐。

「就這吧。」語畢，他把菜單交還給她。

西裝女接過菜單就退了開來，他坐在位子上，觀察這間餐廳。

餐廳裡的人不多，兩個女人，三個男人，男人各坐一桌，兩個女人則坐在一起，一個黑髮，一個金髮。

三個男人之中，他很快認出其中兩人，雖然他們都戴著遮住半張臉的面具，但他見過他們的影片，他很擅長認人。

他們一個是南方某國高官，一個是北方某國富商。

第三個男人，是個東方人，不高不矮，不胖不瘦，臉上和身上都沒有任何特徵，有點像路人甲，他沒多看，只把視線繼續掃向另一桌的兩個女人。

金髮的女人背對著他，黑髮的女人側身看著落地窗外的花園，他只看得見她些許的臉龐，女人看來十分年輕，姿態輕鬆自然，她穿著一身帥氣的褲裝和長靴，左手手腕上戴著一串價值不菲的鑽石手環。

然後，像是察覺了他的視線，她轉過頭來，他心頭一跳，不是因為她白皙的皮膚或高挺的鼻，也不是因為她唇上塗著紅到幾近發黑的唇彩，而是因為他一眼就認出了這女人的身份。

有那麼一瞬間，他不敢相信自己竟在這裡看到了她，或許他搞錯了人，這女人戴著黑色面具遮住了半張臉，但認人是他的專長，他非常擅長辨識人們的模樣，更別提因為某些私人原因，他曾經很仔細的調查過這女人所有的家族成員，當然也包括她。

下一秒，她和他對上了視線，銀灰色的眸子露出一種看著螻蟻的冷漠神情。

Shit！

如果他方才還有懷疑，這一眼，讓他在心中低咒出聲，這瞬間，不只頭皮發麻，就連頸上寒毛都豎了起來。

雖然不曾見過本人，但他知道她是誰。

她冷冷的看了他一眼後，就把視線拉了回去，顯然完全沒把他放在眼裡。

女人擁有的權勢，的確可以不把人放在眼裡，這世上能入她眼的人還真沒幾個，但就他所知，她不應該也不可以參加這場遊戲，這他媽的到底是哪個白癡讓她審查過關的？雖然說她一直被保護得很好，不曾在媒體上露過臉，但天下沒有不透風的牆，他不就知道她是誰？

話說回來，這裡的人真的知道她是誰嗎？還是他們只要玩家有錢，啥都好？

不，這些人確實的審查了他的背景，還是說……

她真的就是個玩家？

這念頭讓他有些毛骨悚然，坐在原位，各種可能性和不同的髒話同時在心中來回翻滾了上百遍，然後他很快做了決定，起身朝她走去。

在他靠近時，女人沒有走開，仍坐在原位，只是冷冷的看著他。

她冰冷的視線，沒讓他退縮，他只是朝她微微一笑，問。

「兩位小姐，我有這個榮幸能與兩位同桌嗎？」

她挑起眉，她同桌的金髮女忙嗤道：「不——」

黑髮女卻在這時舉起了手，好似她手上握著搖控器似的，年紀較大的金髮女瞬間噤了聲。

黑髮女用那雙冷如寒冰的眼看著他，審視了三秒。

他知道她不認得他，但或許是因為他沒有戴著面具，也或許是她剛好覺得無聊，總之她抬起下巴，對那金髮女示意，金髮女臉色微變，但仍是順從的起身走開。

他真的很少看到有誰能僅憑眼神和下巴就讓人滾蛋，可這女的真的就是這麼做了，而且做起來毫無違和感。

跟著，她把那白皙的小手一轉，對他比出了一個請坐的手勢。

他側著腦袋，微笑坐下。

幾乎在同時，他的領位員帶著他的前菜出現了，不用他多說，領位的西裝女已經自動的把他的前菜送到了這一桌。

他沒多加理會，只神色輕鬆的靠在椅背上，將兩手交疊在腿上，看著坐在眼前的女人，自我介紹的報上帳號。

「我是達樂。」

她挑眉，沒裝作不知道今天稍早這帳號連下兩城，兩次都贏得了驚人的賭注。

他引起了所有人的注意，不只因為他沒戴面具，更因為他押下的驚人金額。

他等著她自我介紹，但女人可沒理會什麼有來有往或禮貌這回事，只淡淡指出一件事。

「你沒參與競標播放權。」

他扯著嘴角，眼也不眨的說：「參與這種遊戲，還搶著把自己的底牌攤開，是很蠢的一件事。」

「是嗎？」銀色的瞳眸，微微一亮。

「當然，妳不也沒參與競標播放權？」他微微再笑，刻意問：「還是妳沒有獵人？第一次參加？」

「我沒獵人，是因為我的獵人在上一次遊戲中掛掉了。」

她神色自若的開口，但他緊盯著她，沒錯過她眼角那幾不可見細微的一抽。

這是個謊言。

他知道，他很擅長察言觀色，他這輩子幾乎就是靠這件事生存的。

這只說明了一件事，這女人的的確確不該在這裡。

Shit！他麻煩大了！

雖然如此，他還是揚起嘴角，微笑道。

「真巧，我也是呢。」

「所以，你想要二十號。」她紅唇輕啟。

「誰不想要呢？」他微微一笑，沒有否認。「我需要一個獵人。」

「那又如何？」她淡淡問。

他直視著她的眼，「我相信，妳能擁有任何妳想要的獵人，我的大人。」

最後這句敬語，讓她銀眸微冷。

他表明了知道她的身份，她感到不開心很正常。

「我知道，來到這裡的人，都是衝著二十號來的，其他人就算了，我不認為那是個問題，但您就不一樣了，我並不想得罪不該得罪的人。」他傾身，拿起叉子，叉了一口前菜，放到嘴裡，微微再笑：「還是，我不需要擔心這個？」

雖然她沒有動，可她的銀眸瞇成了一直線，他能看見其中透出的怒氣。

「你現在是在威脅我？」她聲如寒冰。

「不，我是想要和平解決這件事。」她這麼不爽，證實了她的家人並不曉得她在哪裡，他舉起叉子搖了搖，提議：「我們打個賭吧。明天誰贏得更多賞金，就能留下，輸的人，就得放棄這場遊戲，打包回家。」

她瞪著他，才剛要拒絕，就見他往後重新靠到椅背上，噙著惹人厭的笑，道。

「當然，若妳不敢，想拒絕也是可以的，我的大人。」

這一句尊稱，讓她更惱，但教他意外的是，她竟然沒有因此意氣用事，反而冷冷一笑，道。

「如果你以為，我會答應這個賭注，顯然你比我想的還要愚蠢。」

說著，她再次抬起下巴，用那冰冷的視線掃向他。

這是要趕人的節奏，他認得出來，但他刻意裝不知道，當她乾脆放下酒杯，起身走人時，他飛快跟著起身握住了她的手，這舉動非常失禮，有鑒於她的身份地位，她這輩子大概沒遇過如此失禮的人，他原以為這會讓他有機會再說句話，哪知她在眨眼間旋轉手腕反手抓住他的手，同時回身抬腳往他下體狠踹，所有動作一氣呵成。

他被狠狠擊中，摀著小弟弟痛叫出聲，摔倒在地。

女人鬆手，銀眸微瞇，高高在上地垂眼瞅著眼前這傢伙。

因為事發突然，那位專屬於她，候在一旁的領位員匆匆趕來，對著她說：「不好意思，讓您受驚了。」

看著那人高馬大的領位員一眼，她鄙夷的用鼻孔輕嗤出聲，跟著腳跟一旋，轉身走開。

他倒在地上，痛得臉孔扭曲，卻沒錯過女人轉身前眼中閃過的驚疑，不過他沒爬起身，只是等到那負責他的西裝女上前來到他身邊時，才齜牙咧嘴的擠出一句。

「媽的！這賤人！」

西裝女裝作沒聽到，表情一臉淡然，只用那輕柔平靜的聲音問：「先生，您還好嗎？」

他鼻翼歙張，強迫自己起身，粗聲道：「沒事。」

說著，他眼角微抽的重新坐回椅子上，抖著腳舒緩疼痛，一邊再次拿起了叉子，在餐廳裡其他人的視線中，把剩下的沙拉吃完。

餐廳裡的人們交頭接耳的，他知道不用等今天過完，剛剛發生的事就會傳遍到所有的VIP耳裡。

可他仍厚著臉皮坐在原位，一口一口地吃掉了沙拉，和之後送上來的牛排與甜點，直到吃完了所有的餐點，他才示意那西裝女帶他回房間休息。

第二章

遊戲提供給VIP的房間非常寬敞。

客廳、廚房、臥室、衛浴全都一應俱全，設備和用品都比五星級飯店的總統套房還要豪華。

酒櫃裡放了各種高級名酒，廚房裡的冰箱門上有平板能點餐叫貨，衛浴裡的豪華大浴缸是大理石做的，還有一整組的名牌香氛洗漱用品。臥室中另外設有一間更衣間，其中展示了他事先指名的各種名牌衣物和鞋與包，每樣東西都放在方格櫃中，還一一打了光。

整個擺放的方式，就像在高級精品店中。

為他領位的西裝女在帶他回房之後，簡單介紹了房間裡的設備，並告知除了VR眼鏡，房間內所有的電視與平板都能查看遊戲進度，有任何需要也都可以用桌上或冰箱上的平板通知她，在介紹完這些功能與設施後，跟著她才面無表情的開口說。

「因您先前在餐廳騷擾我們另一位VIP，為此我們會從您的戶頭裡，酌收一些補償費給該位VIP，並會扣取您的會員點數，點數若被扣抵完畢，您會被解除VIP資格，還請您多加留心。」

達樂眼角一抽，脫口斥道。

「老子不過他媽的握了她的手！是那賤人反應過度好嗎？」

聞言，西裝女一臉平靜，好似機器人一般，完全沒有表現出任何自身情緒，只走到客廳的落地窗簾前，把那遮光的落地窗簾拉開，平淡的說。

「我會把您的意見傳達上去。」

窗簾外，讓他意外的是，並沒有什麼人造的假花假景，外頭是一片的黑，他只能看見玻璃窗上映著一室的倒影，其中當然包括了這西裝女和他。

他再哼一聲，扯掉身上的領帶，脫掉外套和襯衫，粗魯的道：「不用了！

妳可以滾了！」

她聽了，只轉身走出去。

他繼續把上身的衣物脫個精光，露出結實的身體，一邊還忍不住碎唸。

「幹！那女人他媽的最好在乎那幾毛補償費——」

西裝女走到門外轉身關上了門，從頭到尾沒再多看他一眼，可他知她一直沒有放鬆防備，這女人是個練家子，這裡所有的領位員都是。

他走到冰箱旁，拉開門拿了一罐啤酒出來，拉掉開口，仰頭喝了一大口，這才抬手滑動冰箱上的平板，調暗了房間裡所有的燈，然後走到客廳另一頭的落地窗前，看著窗外那片黑。

起初他什麼也沒看到，然後慢慢的，他才領悟到為何從下車後就一直覺得有種奇怪的違和感，他原以為是因為緊張，後來又覺得是在主廳觀看3D投影造成的暈眩，直到這時，看著前方那寬闊無比的黑暗，他才明白他根本不在什麼城市的地底下。

眼前的黑，在他的雙眼適應了之後，顯現出漸層的顏色，深黑與深藍。

那是海。

一整片廣闊的大海與黑夜。

大海幾無邊際，只有在遠方黑色暗影之下，有著幾不可見的點點燈火，緩緩的上下晃動，且正漸漸遠離。

他暗咒一聲，忽然瞭解，那輛車根本不是開到什麼大樓裡，而是進入了一艘豪華郵輪，他看到的也不是什麼室內停車場，而是郵輪內部的停車場。

他眼一瞇，緩緩再喝一口啤酒，思索方才所見所聞的一切。

停車場、主廳、走廊、餐廳、溫室、SPA區、房間區，這地方大得不可思議，走廊更是像迷宮一樣，難怪會需要所謂的領位員。

但他擁有極為良好的空間感，如今這裡有窗，表示他人在船的其中一側，他能清楚在腦海裡描繪出所有區塊所在的位置，那也意味著其它的空白處是他需要搞清楚的地方。

不過現在不適合跑出去到處查探，所以他只是轉身拿起展示在酒櫃旁的VR眼鏡，在舒服的沙發上坐下，開始檢查遊戲的進度。

二十號仍躲藏在樹上，藏在沒人看得見的地方。

只要付夠多的錢，遊戲提供VIP能自由選擇切換哪些鏡頭查看獵人與獵物動態，他沒有多加嘗試，他並不想把二十號挖出來讓人追獵。

他查詢了其它資訊，看了看這裡提供的各種服務和菜單，瀏覽了聊天室中其他玩家的對話，參與其中幾個很白癡的小賭注，他贏了一些，也輸了一些。

兩個小時後，他退了出來，摘下眼鏡，到浴室裡洗了個澡，然後擦乾身體，在更衣室裡挑了一條順眼的手錶戴上，這才關上燈，全身光溜溜的上床睡覺。

時間一分一秒的過去，不知過了多久，他的手錶無預警的震動了一下。

他睜開眼，看到錶面跳出了時間，那電子時間看起來很正常，但小時與分鐘數字間的冒號卻不規則的閃動著，那是摩斯密碼，他很快辨識出那密碼暗藏的訊息。

1 hour free

達樂挑眉微笑，這表示某人已經搞定了監視他的系統，他有一小時的自由時間。

這地方很大，時間很緊迫，他迅速起身下床，到浴室拿了刮鬍刀，沿著肚臍下方割開了小腹，鮮血沒因此流出來，他將假肚皮剝開，拿出裡面的東西，那之中除了矽膠材料，還有被薄薄包在其中的各種化妝顏料，他面對鏡子，快速的把那一小片一小片的矽膠，全都黏到臉上，把脖子弄得更粗，加高鼻梁與眉骨，將鼻翼外擴，很快為自己重新塑型捏出了一張臉，他微調著那張臉，然後開始拿深色的遮瑕上色，當然不忘把他的耳朵、脖子和雙手所有裸露在外的膚色都一起調整過。

要混進來這裡，基本上什麼也不能帶，不過人類的十指可以做很多事，而他有一雙靈巧的手，就是因為如此，當初韓武麒那傢伙才會把他送去學這門手藝。

再加上，這地方的設備如此高級，他隨便翻找了一下更衣室和浴室，就找到了一些整理衣物的毛刷和棉花棒，他利用那些簡易的小工具，飛快加粗了眉，用自製的唇彩調出適當的顏色，塗厚了唇，當然他沒忘記那傢伙臉上的痘疤。

不用幾分鐘，鏡子裡的人就徹底的改變了樣貌。

富家女的領位員出現在其中，看著那張嚴酷黝黑的臉，他抿唇瞇眼，學著早先看到的隱忍表情。

很好，雖然沒到十成像，但也有七、八成了，所幸走廊上的光線並不明亮，他沒這張臉的原主高壯，所以在鞋子裡塞了些東西，從更衣室中挑出一套黑西裝，在襯衫內多穿了兩件衣服加大他的胸圍，又在外套中塞了衛生紙當墊肩。

這西裝的布料和剪裁比他需要的高級多了，不過這時也沒得挑了，他只能再次慶幸走廊上的光線不明亮，不過之後若有機會，還是得先去想辦法搞一套工作人員的黑西裝比較保險。

穿著打扮完畢，他看了下手錶，確定時間。

現在是半夜一點三十五，依照原定計劃，他得先把這地方摸清楚，如果可以的話，找到電腦監控室，讓那兩位天才可以完全接管這地方；他對電腦不是特別熟，但阿震那傢伙明確告訴過他，除了他之外，肯恩會混進來當維修工找到光纖攔截訊號，錄一段影像，再偷偷覆蓋原先的片段，這種中間攔截訊號再覆蓋的方式容易被偵測發現，臨時湊合著用還可以，若想更加保險，他們需要他進入電腦室，在高階安全部門的電腦裡植入木馬病毒，才能直接長驅直入，掌控對方安全部門的主機。

來到門口，他深吸口氣，握住門把，開門走出去。

走廊上也有監視器，不過那不是問題，他相信肯恩也把那搞定了，他維持穩定規律的速度往前走，先從他房間附近開始查看，這條走廊還有許多門，上面有著燙金的房間號碼，他猜這一側全是VIP的房間，很快前面出現岔路，他記得領位員帶他來的那一條，他選了另一條走，如果沒有意外，這裡應該可以繞過餐廳和主廳。

雖然惱人的富家女應該是去休息了，但誰知道她會不會突然決定要再去主廳看看。他可不想在路上遇到她和她的領位員，意外撞見自己假扮的傢伙絕對不會有什麼好事。

果然，他往前再走一陣子就看到了溫室花房，這一段走廊的牆面是玻璃做的，讓人可以清楚看見溫室裡綠意盎然的草木，他繼續往前走，測量這溫室的距離，把它的大小放到腦海地圖裡正確的地方。

溫室再過去是SPA區，然後是一座游泳池，他在這一整層東繞西晃，發現了一座他在介紹中看到的網球場，一座籃球場，最不可思議的是，這裡竟然還有間圖書館；顯然變態也是會看書的，那圖書館還不小呢。

他在路上遇到了幾個人，但沒人多事叫住他，所有的領位員都忙著照顧那些VIP。然後他終於看到有個領位員單獨走在路上，他遠遠的跟著那男人，就這樣一路跟到了一扇門外，對方抬起臉，面對鏡頭，讓安全系統檢查他。

下一剎，門開了，裡面看起來就是個電腦機房。

雖然臉上的面具是臨時做出來湊合著的，但他仍有樣學樣地跟著走了過去，面對門上的鏡頭。

有那麼一秒，他擔心警報會響起來。

人臉辨識進步得很快，雖然他一直緊跟著科技的腳步，每半年都會去確定一下自己的手藝仍能通過最新科技的偵測，但這組織的科技遠超外界的水準，真要認出他不是本人也不是不可能，不過反正他還有腳可以跑。

一室沉寂。

哈，門開了。

看著敞開的電動門，達樂一挑眉，心情愉悅的走上前，跟著前面還未走遠的傢伙左轉，誰知轉身剛拐了個彎，他就嚇到心臟快跳出來，只見眼前是個挑高寬敞像電影院一樣的地方，最前方還有個大螢幕，但一排又一排漸次往下的座椅前有桌子，桌上放著電腦螢幕，一眼看去少說也有上百台，有些螢幕前坐著人，有些沒有。

雖然被嚇了一跳，但他沒停下腳步，只是跟著那人往前走下去幾步，火速找了個空位坐下。

他運氣很好，這排只有在最旁邊有個人，他看見前面的人操縱著滑鼠，螢幕裡有些是獵場的畫面，有些是VIP的畫面，有些則是一堆密密麻麻的程式碼。

達樂假裝操作電腦，但沒真的去輸入任何東西，要使用這電腦需要密碼，他懶得猜，也不想驚動對方的安全系統，只是按壓手錶，推出隱藏其中的小型特製隨身碟，插到電腦主機上。

幾乎在瞬間，電腦就自行跑動起來。

他見怪不怪，只是在電腦跑動時，坐在原位觀察這地方。

很快他就發現，這間電腦室有分區塊，後方這裡的都在監視VIP，前方那邊的螢幕則是在監控獵場，最前頭的牆面更像是電影院一樣，有著巨大的螢幕，上頭同時播放著各個獵場的遊戲畫面。

在這裡的人，一個個看來神經都繃得很緊，大部分的人都不和身旁的人說笑，偶有的交談也都顯得很小心，然後他看到了他的領位員，他原以為這西裝女去休息了，顯然沒有，那女人坐在中間某排位子上，螢幕上是他房間的畫面，床上的人一動不動的正在睡覺。

他滿意的揚起嘴角，卻在這時看到有個紅髮女走上前，和那西裝女說話。

西裝女和對方說了些什麼，然後站起身，紅髮女在她的位子上坐下。他這才發現，紅髮女是與西裝女在交接，西裝女轉身朝這兒走來，顯然確定沒事後，現在才要去休息。

見狀，他忙將手擱在鍵盤上，佯裝打字，幸好螢幕上現在正在跑動程式，西裝女從他身旁經過，他原以為她會直接離開，腳步聲卻在他身後突然停下。

他心頭一跳，懷疑自己穿幫了，他感覺到那女人在看他，上下打量著，讓他頸上的寒毛都豎了起來，他移動身體，假意因專注而傾身，遮住那女人可能看向螢幕的視線。

就在他感覺西裝女試圖走回來時，前方有人大聲咒罵出聲。

「都已經幾個小時了你們還找不到那女人？找不到人就算了，聲音呢？難道也收不到訊號？」

「那裡正在下大雨，大雨會干擾訊號的接收，加上她幾乎沒發出什麼聲音，我們已經盡力——」

「顯然還不夠盡力！別怪我沒警告你們，如果不想成為下一個被丟進獵場的人，他媽的不管你們用什麼辦法，最好給我盡快找到二十號的下落！」

罵人的是個胖大叔，憤怒的咆哮迴盪一室，然後前面幾排，突然有個工作人員抓狂暴走，大概是壓力太大，那傢伙抓起鍵盤用力的砸向螢幕，一邊大吼大叫著，那傢伙顯然已經精神崩潰，甚至抓起椅子往前衝，試圖要攻擊最前面那名主管，但跑到一半就被飛快上前的西裝女從後一腳踹倒，整個人往前撲倒在地，椅子從那傢伙手中飛了出去。

那說起話來總是一臉平靜、聲音輕柔的女人手一甩，甩出一根警棍，在那人試圖爬起來時，一棍又狠狠擊中對方的臉，鮮血和牙齒一起飛濺到半空中，噴濺到女人臉上，但她閃都沒閃，只一腳再狠踹對方心口，然後又一棍，再一腳，直到對方被她揍倒在其中一排走道蜷縮著哭著討饒。

女人垂眼看著那被揍得鼻青臉腫，哭得像個孩子一樣的男人，這才停了下來，看向前方那胖子。

胖子滿意的對她點了點頭，她這才收起那可以伸縮的警棍。

下一秒，另外兩個人上前將那崩潰的傢伙拖了出去，那人哭得一把鼻涕一把眼淚的，邊喊著。

「別送我去獵場！拜託，對不起！我錯了！我只是沒睡好！我睡一覺就會好了！別送我過去！別送我去那裡——」

即便那哭喊如此淒厲，但沒人多加理會，甚至有幾個人諷笑了起來，說著早知如此何必當初的風涼話，更有人笑著揚聲要來下注，賭這位同事能在獵場裡生存多久。

雖然如此，他仍清楚感覺到空氣中充塞著的緊繃和不安。

女人跟在那被拖行出去的傢伙身後，再次往出口走去。

因為這個插曲，這回她經過他時，沒再停下。

他清楚看見她沾血的小臉上沒有任何表情，好似她剛剛沒有痛揍那個男人，那太過平靜的表情，讓人有些毛骨悚然，然後不知道是不是察覺到他的視線，她朝他看了過來。

他一驚，想閃避她的視線已來不及，怕移開視線太不自然，他只好逼自己繼續看著她。

女人的黑眸如冰石一般寒凍冷硬，教人心中發怵。

然後讓他意外的，她先挪移開了視線，幾乎像是在閃避他的注視。

他一怔，可下一瞬，她已越過他身邊，就是這一秒，他明白她不會再回頭查看他，在他鬆了口氣的同時，眼前螢幕裡的程式碼在這時停下了跑動，跳出整艘船的設計圖，其中也包括他所在這一層的平面圖。

啊靠，幸好這時才跳出來，再早個幾秒，他真的會被那女人逮個正著。

不過，欸，這小子果真是個天才耶。

他讚嘆的挑眉，將平面圖牢記在心，同時敲打鍵盤，想詢問那個意外出現的人到底是不是意外，但才敲了一個字母，他又迅速按了刪除鍵。

不是他不相信天才，但凡事不怕一萬，就怕萬一。

他可以等，等完全確定線路已經安全再和對方連絡，在這裡太冒險，若有人又進來看到他螢幕上的對話，他就死定了。

達樂把那特製的隨身碟拔出來，裝回手上的手錶。

螢幕回到原先的登入畫面，可他知道肯恩已經搞定，剩下就是時間問題。

準備走人時，他注意到臺上的胖子仍站在那些螢幕前，肥胖的手插在腰間，距離他槍套內的點四五柯特不到幾吋，如果方才那傢伙真衝了上去，八成已經被一槍幹掉了。

這領悟，讓他眉微挑。

前排另一人在這時起身朝出口走去，他見狀，直接跟在那人身後，離開了這間電腦操控室。

✣ ✣ ✣

藍色的大海一望無際。

落地窗外，旭日東昇，在大海上閃耀著。

經過一夜好眠，達樂在那張 King Size 的大床上醒來，查看遊戲的狀態，確定二十號還沒被人幹掉，跟著才套上運動衣，到健身房運動了一小時，沖了個澡，又去做了 SPA 按摩，才神清氣爽的到主廳玩遊戲。

那位冷漠的西裝女L小姐如影隨形，幾乎在他一出門時就等在那裡，跟著他東走西逛，說好聽點是隨侍在側，講難聽點就是時時監控了。

雖然如此，顯然沒有VIP介意這件事。

不過他清楚記得自己在電腦室裡看到的一切，明白這女人在必要時，下手能多快多狠，他可不認為這些領位員的作用只是單純的在監控他們。

不知有多少人明白這點？這些VIP八成以為身為玩家很安全，但他知道在這種瘋狂的遊戲中沒有人是安全的。

遊戲進行到第二天，一整個就是失控狀態。

神秘的二十號搞得所有人雞飛狗跳，他們常常找不到她人在哪，每次她出現就有獵人會被她幹掉，她完全不理會遊戲的規定，不到彩虹瀑布爭取活命的機會，整個反其道而行，搞到後來她更像是獵人而不是獵物。

這一日太過驚險刺激，主廳裡完全沒有人試圖去競標播放權，所有人的目光都被這反客為主的二十號吸引，畢竟這遊戲從不曾有獵物如此反殺獵人到如此誇張的程度，有人不信邪，為此賠了大筆鈔票。

當一群獵人終於找到她時，他們才發現她這麼厲害是因為有個隱藏在暗處的幫手，那男人一露面，關於他的基本資料很快就出現在螢幕上，想看更多就得課金付費，很多人都眼也不眨就付了錢，他當然也是。

達樂付出了大筆美金，取得了觀看資料的權限。

他喜歡達樂這名字，一直很喜歡。

他笑著付錢，查看神秘男人的資料，上頭顯示這人是個來自英國的私家偵探。

他在這傢伙和二十號身上再次押上重注，卻發現那黑髮銀眸的富家女也同時下了重注在這男人和二十號身上，賭他與她會贏。那讓他忍不住朝那富家女看去，她今天戴了一張金色的面具，同樣遮住了她上半部的臉。

幾乎在同時，女人也從螢幕上發現了他的押注，冷冷朝他看來。

他忍不住抬手，朝她微笑搖動了下手指。

這很欠揍，他知道，女人瞇起了銀眸，露出一絲嫌惡的表情，但她沒撤回賭金。

如果二十號和那偵探贏了，下注在兩人身上的玩家都能贏取賭金，不過即便能贏錢，可和他一起贏錢這件事，顯然讓她不是很愉快。

這女人真的是個麻煩，他得想想要怎麼處理她。

如果她願意乖乖離開就好了，但昨天她擺明了不接受這個提議，這女人在這顯然不是巧合，他也不認為那賊頭有膽利用她，這之中不知哪裡出現了問題——

靠，這兩個傢伙會不會太厲害?!

看著前方立體投影出來的男女，在槍林彈雨中默契十足的幹掉所有在場獵人，他真的看傻了眼，整個思緒都被拉了回來，沒想到讓他更傻眼的，是在搞定一切之後，畫風突變，那看起來一直沒什麼表情的二十號，竟然抬起小手溫柔的撫摸著男人的臉。

眼前的動作片瞬間轉為愛情電影，讓他有些無言。

正當有些窮極無聊的玩家開始打賭這兩人會不會擁吻時，現場忽然出現了一個不識相的電燈泡，讓人們紛紛咒罵起來，甚至有人叫自己的獵人下個目標優先幹掉那倒霉鬼。

這些人真的都是瘋子。

他似笑非笑的繼續下注。

當然，是押在那兩人身上的，他對大偵探有信心——

豈料，接下來情況急轉直下，事情越來越糟，完全出乎他的意料之外，當那場大爆炸發生時，他後頸寒毛直悚，更讓人膽寒的，是跟著發生的事。

那是宛如地獄般的戰場，女人浴血奮戰，彷彿殺不死的怪物，一開始在追殺獵物的獵人們，最終全成了獵物，成了她的獵物，她眼也不眨的鏟除了所有擋在她面前的人，鮮血噴灑在鏡頭上，染紅了一切，即便畫面快速切換，太近的鏡頭仍幾乎追不上她的速度，造成立體影像投射不清，就連最先進的AI電腦也來不及補上殘缺的畫面，那讓整個情況更加可怕。

主廳裡的人們從一開始的喧嘩叫囂，到最後逐漸安靜，等他回神，現場已經沒有人在說話了，就連那些在聊天室裡的白癡也一度沉寂了下來。

恐怖。

女人造成的恐怖，透過影像傳送了出來，立體投影讓她彷彿就在眼前，那雙赤紅的雙眼，燃燒著地獄般的怒火，當她揮刀，像是那把刀也會落在自己身上。

剎那間，他只覺毛骨悚然。

死神這兩個字在這一刻有了真實的形象。

主廳裡有人驚聲尖叫，有人嚇得屁滾尿流，而這可不是形容詞，他聞到了一股尿騷味和屎味。

他原以為她會就這樣宰掉所有人，可出乎他意料之外的，她停了下來，她救了那個印度少年。

獵人們火力全開，逼得她無法動彈，下一瞬情勢又變，獵人們開始一一身亡，現場的鏡頭一個接一個故障，直到最後一個鏡頭壞掉前，那女人仍擋在少年身前，不知生死。

畫面很快被切換到較遠處的鏡頭，試圖繼續轉播現場實況，但樹葉草叢遮蔽著那地方，只隱約看到印度少年的身影，下一秒，少年也不見了。

當一切結束，他只感覺到心跳飛快，手心後背全是冷汗。

主廳裡的人再次喧嘩起來，有人咒罵，有人叫囂，有些人根本搞不清楚發生了什麼事，聊天室中更是熱鬧非凡，每個人都在試圖追蹤那女人的行蹤，他在第一時間就試圖點選買下最高級的資訊，但那按鍵沒有作用，靠近中心的幾名玩家為此大聲咆哮。

他沒有多加費事，他知道遊戲方失去了她的下落，所以按鍵才沒有作用，它們沒有更新的資訊。

除了獵場森林裡安裝的固定鏡頭，獵場裡高級獵人的眼，被替換裝了機器眼，所有接受到的畫面都會被傳送出來，經由AI電腦運算重新整合成立體影像，那就是為何他們能看到如此清晰詳細三百六十度無死角3D影像的原因，但除了二十號和印度少年，現場還有別人，那個人槍法神準，每一顆子彈都精準命中獵人的機器眼，毀掉了鏡頭，幹掉了獵人。

他知道是誰。

即便如此，有那麼一刻，他仍覺得自己像是浸在一片深濃黏稠充滿惡意的血海之中，幾近窒息，無法呼吸，他相信現場有這感覺的不只是他，那位高貴很貴的富家女起身走了出去。

那不是個好主意。

她不該在此顯露出可能的弱點。

幾乎在同時，他的手錶再次無聲震動起來，傳達另一個訊息。

他想要留在原地確認二十號的下落，但富家女做了錯誤的決定，而這突如其來的訊息只是增加了他的問題。

雖然很想繼續坐在原位，可花了一秒衡量利弊得失之後，他還是不甘不願的站了起來，跟著她挺翹漂亮的小屁股走出去。

一出主廳，他就看到了她，富家女快步走到溫室花園裡，並用一個令人膽寒的眼神，迫使她的領位員停在花園門外。

那傢伙停了，他沒有停下，在門口的大塊頭領位員遠遠就看到他靠近，理應要把他擋在門外，但那男人只是假裝藍牙耳機有雜訊的壓著那耳機轉到了另一頭，裝作沒看到他；顯然那個女人真的把這人惹毛了，這傢伙想藉他之手教訓她。

他挑了下眉，直接走過領位員身邊。

不過，他的跟屁蟲可沒那麼好說話，穿著西裝的L小姐緊隨在他身後，亦步亦趨的，他停下腳步，不悅的回頭對她挑眉：「我要去拉屎，妳跟著我是想幫我擦屁股嗎？」

那一板一眼的西裝女黑瞳微縮，有那麼一瞬間，他幾乎以為她會開口說溫室裡沒有廁所，繼續堅持跟著，他見過她的身手，若她跟著他，不讓他靠近那富家女，真的會有點麻煩，但下一秒她飛快垂下了眼，站到了一旁。

多一事不如少一事。

會在這地方工作的人，大多有反社會人格，想來也沒什麼同情心，那富家女八成給了不少人排頭吃。

這才是正常反應，不過他還是忍不住多看了眼前的女人一眼。

她沒再抬眼，就只是眼觀鼻、鼻觀心的模樣，顯然已經決定不再多管閒事。

達樂眉微挑，腳跟一旋，走入那綠意盎然、花葉扶疏的溫室花房裡，西裝女沒再跟上。

前方早已不見富家女的身影，但他不急不忙，只是往前又走一陣，然後離開了鋪著石頭的小徑，穿過一處竹林和幾顆芭蕉樹，走過一叢五彩繽紛的天堂鳥和深綠的龜背芋，在一處隱蔽的角落，發現了那位趾高氣昂的富家女；相較他從小生長的環境，她在這整齊的溫室裡留下的痕跡，鮮明的就像是在地上畫了一條發光的線一樣清楚。

在那陰暗的角落裡，原先看來萬分高冷無情的女人，此刻正狼狽的蹲跪在地上嘔吐；因為如此，他更加確定自己的判斷，他猜她原本是想回房再吐，卻撐不到那裡。

方才的所見所聞，只要是個正常人，有點良心的都承受不住。

「怎麼，早上吃壞了肚子？」

聽見這句，女人嚇了一跳，迅速抬頭，見是他，本來就已無血色的臉變得更加蒼白，但她很快鎮定了下來，冷冷的抹去嘴角的嘔吐物站了起來，她眼眸微瞇。

很難想像有人剛吐完還能看起來如此冷傲，達樂走上前，女人沒有後退，反而一個箭步也跟著上前，迅速縮短了兩人之間的距離，手一伸揪抓住他的衣襟，毫無預警的就轉身蹲下給他來了一記過肩摔。

但幾乎在他被摔到半空中的那一剎，女人就驚覺不對。

太輕了。

這男人不是被摔出去的，是自己跳了起來。

她一驚，這感覺和之前她踹他時一樣，看起來好像她成功踹到他，實際上卻並非如此，那回他及時用手擋住了，雖然隔著靴子，她很清楚她沒踹中他的要害，觸感不一樣，但他裝做像是被她踹個正著。

而這一次，在半空中他更是如貓一般轉了個圈，摔落地前，男人自由的左手比身體先撐到了地上，臉上還帶著惹人厭的笑容。

心下一悚，火速鬆手後退，可他已經反手抓住了她，用力把她拖倒在地，一個翻身將她壓制住。

她猛地將手肘往上揮，痛擊他的下巴，他以毫釐之差閃過，順勢也抓住了她這隻手，猛地往下壓，將她兩手交叉強制壓在地上，她試圖掙扎，但他有著體型上的優勢，然後飛快俯首在她耳邊低語。

還未及細想，女人就感覺到他移動姿勢，給了她足夠攻擊的空間，她屈膝痛踹他的鼠蹊，他吃痛鬆手翻身到一旁捣著下體，髒話接二連三的竄出他的臭嘴。

她一獲得自由就翻身爬了起來，可她沒有轉身逃走，只是抬起穿著高跟鞋的腳，卯起來朝他狠踹，一下、兩下、三下——

「Fuck！妳這瘋子！」達樂邊躲那致命的三吋高跟鞋，邊狼狽的大聲呼救：「來人啊！快來人啊——」

兩位領位員察覺動靜，不得不趕到時，看到的就是她一副要置他於死地的模樣，西裝女上前拉住富家女，達樂萬分不爽的邊咒罵邊跟著站起身，然後下一秒，就捣著肚子吐了一地。

女人冷冷看著那無恥的傢伙，開口問：「多少錢可以讓這王八蛋成為獵物？」

兩位領位員互看一眼，達樂則漲紅了臉，咆哮地朝她衝去。

「媽的！妳這賤人！不要以為妳——」

他話沒說完，就被那高大的黝黑西裝男從身後扣住了脖子，他抓著男人扣在他頸項上的臂膀，試圖掙脫，但那傢伙的手臂無比粗壯，讓他很快就陷入了昏迷。

富家女看著那西裝男將這無恥的傢伙扛上了肩，抬起下巴，冷聲詢問。

「多少錢？」

西裝男面無表情的說：「抱歉這位貴賓騷擾了您，但所有來此參加遊戲的VIP都受到遊戲契約保護，除非違反契約，否則在這一次遊戲結束前，我們不會讓貴賓們成為獵物。」

這人在說到「這一次」這三個字時，特別加重了音調，讓人清楚明白了重點在那裡，這次不行不代表下回不可以。

這回答顯然讓她很不滿意，但可以接受。

女人冷哼一聲，轉身走開。

因為她的領位員扛著那昏迷的色胚蠢貨，西裝女只能與他暫時交換了位子，跟上了這位難惹的富家女。

富家女沒有回到主廳，只是走回她自己的房間，從頭到尾沒有回頭看一眼。

西裝女沒有跟進房裡，在確定這位難搞的 VIP 安全回房後，這才回到了溫室花房，那兒已恢復清靜，只有角落的隱蔽處，殘留著一灘嘔吐物。

她看著那灘穢物，面無表情的壓下藍牙耳機上的通話鈕，召來清潔隊整理溫室，並通知醫務室派醫療人員去查看那個蠢貨。

當她回到電腦室，坐回她的位子查看監視畫面時，她的主管走了過來。

「方才溫室裡發生了什麼事？」

她平淡的開口：「一位 VIP 試圖騷擾另一位，反被痛毆，我們已將兩位貴賓各自送回房裡了。」

主管站在她的身後，看著她螢幕裡的畫面，只見那位精蟲衝腦的貴賓已經躺在床上，醫療人員正在查看他的情況。

「麗莎說，那位小姐要求讓這一位成為獵物？」

對主管顯然早已聽說甚至看了其中過程，她一點也不意外，只開口證實道。

「對。」

「我想妳已經告知小姐，遊戲保障玩家的規則？」

「荷西說了。」她頓了一下，問：「需要我準備一份獵物契約嗎？」

他滿意的道：「別急，這一次先不用，我們得讓這位貴賓曉得，我們確實有在保障玩家的安全。」

「放長線釣大魚，是嗎？」

笑聲從身後冒了出來，「這位小姐確實是條大魚啊。」

聞言，她沒顯示出任何興趣，只問：「我負責的這一位呢？要禁止他進入主廳嗎？」

「不用，他付了錢的，只要點數沒扣完，他都能繼續待在這裡玩遊戲。不過等他醒來，妳提醒他一下，若他再試圖騷擾小姐，恐怕點數會直接被扣完，屆時我們就得請他離開這裡。告訴他，如果他需要女人，我們也有提供相關服務的。」

對此，她也不覺得意外，她對這裡的規定和提供的服務早已倒背如流，所以她只是點頭應是。

「我會提醒他的。」

第三章

清晨四點半，女人醒了過來。

躺在狹小的床上，她只感覺到心跳飛快，她看著左手手腕上以黑色繩結綁成的手繩，一次看一個結，數著那些金剛結，告訴自己深呼吸，再呼吸，直到急促的心跳漸漸平緩下來，這才緩緩坐起身來，看著窄小的艙房。

和船上VIP豪華寬敞的房間不同，這間艙房十分侷促，靠牆的床是上下鋪，能住兩個人，此刻另外一位並不在，同一個房間的人得分別輪班值勤十二小時，因此她們幾乎不會碰見彼此。

她在狹小的艙房裡做著簡單的徒手運動，那些動作都很單調，她一個個把它們做到確實，黑色的繩結垂掛在她手上，讓她更加專注。

不用多久她就已經滿身大汗，但她沒有停下來，只是把該做的動作全都做完，才擦去汗水，進入雖然有配備馬桶，卻窄小到僅供一人轉身的浴室裡沖澡，再回到狹窄無窗的房間裡換上黑西裝，黑色的繩結是她身上唯一有個人特色的東西，她將它塞進長袖袖口裡，不讓它外露出來。

跟著，她才對著掛在門後的鏡子簡單在臉上擦了防曬，塗了口紅，戴上藍牙耳機麥克風。

鏡子裡的女人面無表情的回望著她，如過去這幾年的每一天一樣。

她收回視線，沒再多看那張熟悉到不行的臉一眼，只握住門把，打開房門，快步走了出去，前往員工餐廳。

她在那裡簡單吃了一片吐司，倒了一杯黑咖啡，跟著才去電腦室交班，準備開始一天的工作。

這幾天，並沒有頭兩天那麼刺激，二十號依然不見蹤影，搞得獵場組的人個個壓力比山大，每個人都頂著黑眼圈，猛灌咖啡，試圖從那廣闊的森林中，找到那女人的蛛絲馬跡，就連其它獵場的人手都被調過來幫忙。

沉重的壓力讓所有人都宛如烏雲罩頂，連原本還有辦法說笑的主管都沉下了臉來，幾乎每個小時都能聽到他咒罵咆哮的聲音。

這些年，她還真的很少看見這一位露出如此焦慮害怕的情緒，但顯然那位二十號嚇到了他，說真的，那女人也嚇到了她。

她爬上樓梯，想著。

二十號嚇壞了他們所有人。

那女人是個意料之外的變數，即便眾人裝作不在意，還會拿來說笑，可她能看見他們眼底的恐懼。

只要在主廳看過那場殺戮的人，大概都會感到害怕。

她打開通往VIP層的艙門，推門而出，卻在門開時，看見出乎她意料之外的三個人──

富家女、色胚和荷西。

最近這三個人只要湊在一起就沒好事，她不知道發生了什麼事，可她一眼就瞧見，富家女被荷西掐住了脖子，整個人被貼著牆舉起，一張小臉漲得通紅，幾乎就要氣絕，色胚衝上前一把擒抱住荷西，將他衝撞到地上，兩個男人混戰起來，轉眼滾到她面前，荷西的體型較大，加上兩個男人都看見她的出現，那讓色胚分了心，讓荷西佔了上風，轉眼荷西就坐到了他身上，跟著他拔出槍——

這一秒，她沒有想，直接抬腳往荷西的後腦勺狠踹。

她踹得很用力，但荷西是個該死的肌肉男，有著該死粗壯的脖子，她那一腳，只讓他的頭往前晃了一晃。

「你瘋了嗎？他是VIP！」她出聲喝止他。

可荷西無視她的警告，只是把槍再次對準了那色胚。

她簡直不敢相信，但她不能讓他對這傢伙開槍，這色胚不能死在這裡，所以她踹了第二腳，用盡全力以腳尖從旁狠掃他的太陽穴，這一次她將他踢倒了，可荷西的腦袋該死的硬，她不只沒傷到他，只讓他在翻了一圈後，火冒三丈的回頭，飛速將槍口指向了她。

她是個白癡。

她也有槍，就在腰間，她應該要先拔槍的，但不知為何她就是沒有去拿那把槍。

每個人都要為自己做的選擇負責，她知道事情會變成現在這樣，都是她所做出的選擇造成的。

問題是，她到底是從哪裡開始做錯了呢？

原本被壓制在地的男人自由了，她看到那傢伙看了她一眼，又看了富家女一眼，再看向被她一時衝動踹了兩下腦袋卻依然完好無缺拿槍指著她的荷西。

他會帶那女人逃跑，趁荷西對付她時，轉身落跑。

是她就會這麼做。

所以，她到底是從哪裡開始做錯了？

是剛剛應該直接拔槍嗎？

還是不該多管閒事？

在這冷酷又兇惡的男人拿槍對著她的這千萬分之一秒，周遭所有的一切都變得無比緩慢，幾乎像是靜止了下來，她腦海裡卻飛快閃過許許多多紛亂又無用的思緒。

她究竟是為了什麼把自己逼上了這條死路？

這一生她不偷不搶，會來到這裡，也是朋友的朋友說有個工作還不錯，雖然在海外，地方偏遠，但因此薪水高很多，還供吃住，只是大部分的人有家累不方便前往，看她單身就問她有沒有興趣，不用多久就能存下第一桶金。

對了，是第一桶金。

她想起來了，她為的就是錢。

一開始，她也不過是想多賺點錢而已——

眼前的男人扣下了扳機，子彈擦出火光從那黑色的槍口中疾射而出。

可惡，她死定了。

幾乎在同時，色胚竟出乎她意料之外的衝向荷西，讓子彈偏離了原有的方向，從她肩膀擦過。

這行為教她一怔，因為對這傢伙來說，在這之前，她就是個助紂為虐該死的賤人，沒想到對方竟然會幫她？

這念頭才閃過，她就發現她開心得太早，因為荷西是往她這方向摔倒的，他就這樣撞到了她的腿，讓她失去了平衡。

Shit！原來不是在幫她！

她驚慌的往後踏了一步想穩住自己，卻一腳踩空，當她失去平衡，才記起身後是樓梯。

往下墜落時，所有的事物都移動得非常緩慢，她想著自己不該多管閒事，想著自己過往所有的選擇，想著或許她就是該命喪此地，卻在這時，看見一隻大手試圖朝她伸來，想要抓住她，或者推她一把？

管它是想幹嘛！

她用盡了全力試圖去抓那隻手，當然她什麼也沒抓到，然後認了命。

果然，她早知道自己會有報應。

活該有報應——

這念頭閃過的同時，巨痛從身後爆開，黑暗在瞬間襲來。

✣ ✣ ✣

黑暗中，過往的回憶浪潮一陣又一陣。

她這一生，沒啥天大的抱負，她很清楚自己就是個普通人，所以還沒畢業就在找工作，當一個普通的上班族是她的人生志業，唯一的願望，就是想每年出國渡假時能爽快的豪擲千金，當個有錢人。

所以，在畢業後，當她有機會接觸到這份高薪的海外工作，便想如介紹人所說，趁著年輕長點見識，辛苦一點，多賺點錢。

哪裡知道，人生就是不怕一萬，只怕萬一，偏偏她就是倒霉的遇到了那個萬一。

她應徵的職位很普通，就是一間貿易商的行政助理，要會雙語，對方開出的薪水不低，所以她很快就答應了。

她想賺錢，就只是想多賺一點錢而已。

剛入職時她還沒覺得有什麼不對，對方派了專車來接機，和她一起前來這裡工作的人還有好幾個人，之中有男有女，大家對前往異國它鄉工作都有自己的理由與原因，她不擅長和人攀談，也沒和人多聊，即便有人試圖和她攀談，她也只意思意思應個幾句。

車子開了十幾個小時，才到了位在偏遠地區的園區，雖然遠，但那是個佔地廣大的區域，園區裡該有的都有，甚至比她聽說想像的還有過之而無不及，好幾棟嶄新的辦公大樓、商店街、醫院、公園，給員工住的宿舍裡還有健身房，更遠處更有無數正在新建的大樓。

前來迎接帶領他們這些新人的是一位西裝筆挺、帥氣有型的男人，他告訴他們，這裡仍在開發，所有的事物用的都是最好、最新的東西，將來會發展得更好、更大，方才他們路上經過看到的別墅區是高級主管的宿舍，若他們夠努力，將來也有機會住在那一區。

一切，看似欣欣向榮，充滿希望與朝氣。

那時，她唯一覺得有點不安的，是園區外有點太高的圍牆，還有門口持槍的保全。前輩說這園區外面的治安不太好，園區裡的公司為了安全，和政府申請並核准了這些武裝。不過他也要大家別擔心，在園區裡的安全是極為良好的。

事實上也是如此，這裡到處都是嶄新的大樓和街道，還有規劃公園，她一路上也看到有人帶著孩子逛街，在公園玩耍。

這裡，和別的地方沒有太大的不同。

起初事情都很正常，公司是做進出口的貿易商，偶而也會代理一些產品，她的工作就如她所料，她不用真的熟知自己經手的產品到底是個什麼樣的東西，坐在辦公室裡，大部分時候，她只需要坐在辦公室裡把上頭交待下來的資料整理好再轉出去。

對她來說，大多數時候，那些商品都只是一些名稱、一串編號。

她把自己的工作做得很好，事實上，她做得太好了，在同期的同事之中，她是第一個獲得加薪的人，還被調到另一個部門，拿到更高的薪水，升到更好的職位，住到看起來更漂亮的宿舍，甚至還有專人會來幫忙打掃，看病也完全不用錢，但也因此被要求為了公司機密，不得使用私人手機，不能隨意上網，只能用公司提供的手機通訊。

因為薪水很不錯，真的很高，加上她知道有些公司為了怕員工洩露商業機密確實會這麼做，只是很少聽說連下班回家也有這樣要求，但既然她住在公司宿舍，她平常都還得加班工作，回到宿舍根本累到不行，睡覺都來不及了，也沒空滑手機，所以就同意了。

那時，她只覺得自己真是幸運。

那時，她只想著感謝勸她接受這工作的朋友。

那時，她真心覺得，果然人就是要趁年輕時，辛苦一點，長點見識。

許多事情就是在這樣的情況下，一點點的改變，一點點的被剝奪，直到有一天，她發現自己已經快一年都沒出過園區、沒回過國、沒去渡假，才猛地回過神來，發現事情好像哪裡不太對。

她還記得那一天坐在位子上，覺得自己實在是太誇張了，雖然這裡幾乎什麼都有，但她根本為了賺錢完全變成了工作狂，她試圖上網查詢渡假的訊息，想上網訂機票和飯店，想回國看看久不見的朋友，但網路的速度在那時就變得很慢，網頁到最後甚至當掉了。

她原以為是對方網站的問題，沒去多想。

事後回想起來，她才發現每次試圖請假回國時，總會發生類似的事，然後一忙起來就又忘記了，加班都會加錢，很多的錢，她總是因此而放棄了休假。

一切都是為了錢。

那一天，看著當掉的網頁，她決定無論如何都要休假，她工作賺錢就是為了要豪氣出國休假當大爺的，她一定要休這個假，所以她從辦公桌站了起來，走了出去。

就在她走出辦公大樓的那一瞬間，身前突然有黑影掉了下來，跟著砰地一聲巨響，某種液體飛濺到她身上，她定睛一看，看見前方有一具歪曲變形的人體。

她瞪著那奇異的人形，有些恍惚，過了幾秒，在聽到旁人尖叫驚喊的話語時，才領悟到有人跳樓自殺了。

她沒有尖叫，也沒有上前，只是站在原地，也許她應該要打電話報警之類的，但是眼前的女人摔得頭破血流，一動不動的，大腿骨都穿出來了，曾經漂亮的大眼像死魚一般的睜著，失去了生命的光彩。

雖然滿臉是血，頭骨也破到有些變形，但她認得那張臉。

那個女人，和她住同一棟宿舍，在同一間辦公室辦公，平常就坐在她旁邊。

她和這女生不熟，真的不熟，她甚至不太記得她本來的名字，只記得是姓陳，平常大家都叫她Mary，是個印尼華裔，比她早來公司一年吧。

她真的不知道Mary為什麼會想不開。

抹去臉上的血跡，看著人們上前試圖協助那個死去的女人，她掏出了公司配給的手機，傳了訊息和主管通報這起自殺事件。

她不是沒有受到驚嚇，但她從小受到的教導，就是遇事要冷靜，遇到問題要面對它、解決它，而不是歇斯底里，尖叫和哭泣對事情一點幫助也沒有，就算想尖叫哭泣崩潰，也最好等到自己一個人的時候再說。

結果，她被主管指派負責幫忙收拾這位同事的東西，陳小姐的東西不多，看起來都很正常，她沒寫遺書，電腦裡除了公事什麼也沒有，私人雜物也看不出來有什麼不對，不知道為什麼會突然想不開。

然後，她在Mary的辦公桌下方，看見一本筆記本，現在的人不太寫什麼實體筆記了，像她無論有什麼事都記在手機裡，存在公司雲端中，雲端很方便，她回到宿舍也能讀取，公司的雲端也不收費，她無論大小事，不管什麼資料、筆記或照片也都存在上頭。

她蹲下去撿那本筆記，打開查看，發現那是Mary寫的隨筆，記錄著她孤身一人來到這裡工作的心情，其實也沒什麼可看的，她不想侵犯對方隱私，剛要把筆記闔上，就看見書頁側邊有些不對，在中間平整的頁面之後有好幾頁皺皺的、看起來黑黑的，好像寫了什麼，她翻到那幾頁看，卻看見裡面密密麻麻的寫著——

我想回家我想回家我想回家我想回家我想回家我想回家我想回家我想回家我想
回家我想回家我想回家我想回家我想回家我想回家我想回家我想回家我想回家
我想回家我想回家我想回家我想回家我想回家我想回家我想回家我想回家我
想回家我想回家我想回家我想回家我想回家我想回家我想回家我想回家我想

回家我想回家我想回家我想回家我想回家我想回家我想回家我想回家我想回家

她心下一悚，不只因為那密密麻麻重複的字句，更因為那些字寫得很用力，像是刻在上頭一樣，有些地方真的被寫到紙都破了，完全透露出書寫者迫切的渴望，還有堆積到整個滿出來的——

絕望。

身後在這時傳來主管的聲音，為了她不明白的原因，她飛快闔上了筆記，猛地回頭，看見主管看著她，朝她伸手。

「那是Mary的嗎？她寫了什麼？」

那一刻，她很想看其它頁寫了什麼，想翻到前面查看在那些平淡的隨筆之後，是否記錄了Mary走向絕路的真相，但看著主管沒有表情的臉，她只覺得頸後寒毛直悚，事後她也說不出來，她那時為何會覺得害怕，她的主管是個平常看來很隨和，有些矮矮胖胖的中年大叔，她從沒看過這位主管發脾氣，大部分的時候，他都是個好好先生，既便是現在也沒有，但那莫名所以的恐懼、某種原始的本能，讓她面無表情的站了起來，同時把那本筆記交了出去，用她最平靜的聲音道。

「沒什麼，就一些心情隨筆吧。」

「妳覺得她為什麼想不開？」主管嘆了口氣，拿著那本筆記問。

她無所謂的繼續整理陳小姐桌上的文件，冷淡的道：「有些人就是抗壓性不夠高吧。」

她感覺到主管用那小小的眼睛打量著她，再問：「妳覺得她工作壓力太大？」

「我和她不熟。」她小心的回答，面無表情的說：「我們平常除了工作，沒什麼交集。」

事實上，她和整間辦公室，甚至整個公司的人都沒什麼交集，她基本上是個宅女，平常不化妝、不打扮、不交男朋友，她唯一的興趣就是看小說漫畫，因為一開始就打算到海外工作幾年，為了防止太無聊，她出國前就買了一大堆電子書，存放了幾百本小說漫畫在電子閱讀器裡，只要能充電，就算沒網路也能看書。

「妳剛剛在現場。」主管看著她襯衫上的血跡，道：「需要先回去休息嗎？」

主管的視線讓她再次意識到自己身上的血跡，她極力維持著鎮定，冷靜的說。

「不用，但我可能需要回宿舍換一下衣服，可以嗎？」

「當然。」主管點點頭，拿著那本筆記轉身，走了兩步又停下來，回頭問她。

「對了，Mary的工作妳能先接手嗎？」

「可以。」她點頭，眼也不眨的說：「沒問題。」

主管點點頭，帶著那本筆記離開了。

可她頸上的寒毛還豎著，那不對勁的感覺依然存在，她壓著心中的恐慌不安，回宿舍洗澡換衣服再回來上班。

後來再想，她才發現她不應該這麼做的。

她太冷靜了。

那冷靜處理事情的態度與選擇，顯然很得主管的心，讓她再次升了職、加了薪，進入到公司更核心的位子。

她知道事情不對勁，有什麼很不對勁，她想離職，但某種本能，讓她知道自己不能這麼做，她很快意識到自己二十四小時被監視著、觀察著，這裡所有的員工都是如此。

他們這些員工，根本就像是住在監獄中的犯人，就像《楚門的世界》那部電影中的主角一樣，公司和園區裡到處都有監視器，他們所有的一切都被記錄監控，從喝了多少水，吃了什麼東西，買什麼、用什麼，平常和誰說話，上網和什麼人聊天，聊了什麼，逛了什麼網頁，喜歡什麼、討厭什麼，通通都被記錄著，這間公司收集著他們的數據與習慣，利用各種網路上與生活中的植入式廣告與心理暗示，操縱著他們。

老實說，這本來也沒什麼，現在的世界就是這樣，那些網路巨頭都是這麼對待世人的，大家都知道也早已習慣自己的資料被利用、被販售，就算自家公司這麼做又如何？但情況嚴重到讓她幾乎整年都沒有離開園區就很詭異了，更別提她小心試探觀察後發現，不只她是如此，公司裡所有人都是這樣，大部分的人不是沒有親人，就是本來就和家人不親，其中有部分的人，還隱隱有些反社會人格。

而那個免費幫大家做心理諮詢，隨時可以去找他商談的心理醫生，只是為了能夠更加方便操控他們所有人。

公司裡，充塞著某種奇怪的氛圍，讓每個人都在想著賺錢、投資，想著如何讓自己的存款倍增，如何升職加薪，換到更好的宿舍，增加更多的資產。本來會離鄉工作的人，多半都是因為需要錢，而這裡刻意加深了這樣的氣氛。

這地方讓人們過著自以為想過的日子，為了錢加班，為了錢工作，他們甚至只和同事談戀愛，若結婚生子，還會有著難以想像的良好福利，孩子的生養及教育費用幾乎都是公司包辦。

但相對的，不知為何偶而就是有意外會發生，不是車禍，就是工安意外，要不就是有人想不開而自殺，而她以為被調職或離職的人，從來就沒人和公司裡的同事再連絡過，她聽過好幾次有人離職或升職、調職後就再也沒有回過訊息了。

一個也沒有。

為什麼沒有？

再且，園區裡出意外的人也太多了，多到沒離世的人有不少成了植物人，很多都躺在園區的醫院裡，雖然那些員工無法再工作，園區裡的好幾間公司都依然為此付費。

她一開始聽說時，只覺得這福利也太好，會計部門說這樣比較划算，有些員工和家裡處得不好，出了事也沒人來接回去，幾間公司就共同成立了慈善基金會，費用可以抵稅。

這說法，讓她隱隱覺得好像哪裡不太對，她去過醫院那個樓層，那些植物人被盡心盡力的照顧著，有專業的醫生護士每天幫忙照料飲食起居，甚至活動身體。

那些植物人並沒有因為沒有親人而被忽略虧待，每一個看起來情況都很好，只除了他們無法自主動作之外，他們看來就像在睡覺一樣。

不知為何，那景象讓她毛骨悚然。

這地方不對勁，非常不對勁。

就在她意識到這件事的時候，她知道她不能做離職這個動作，甚至連表達想去渡假的念頭都不能有，否則她也可能會是躺在那裡的其中一個。

然後，另一個她的同事出了事，在她面前出了工安意外，爲了保命，她假裝沒看到，可有一就有二，有二就有三，事情從此急轉直下。

從此她更小心，一直小心的只做自己該做的事，沒事不去多管閒事，就算她懷疑自己經手的產品是否真如公司所說是些普通的電子產品或商品、工具，她也不曾去查看，即便有人死在她面前，她也不動聲色，每天照吃照睡，和同事閒聊時，也只表明自己那麼喜歡加班工作，是因為她愛錢。

是的，她愛錢，很愛賺錢。

錢能給她無比的安全感。

她每天都努力洗腦自己，她很滿意現在規律的生活，即便心理醫生在她幾度遇到同事意外身亡的事件幫她做心理輔導時，她掉了幾滴淚之後，很快的就把整件事拋在腦後，興致勃勃的和醫生聊起她的存款目標是多少，又有多珍惜如今規律又能賺錢存錢的生活。

那位長相忠厚的胖大叔主管，見她如此識相，給了她更機密的工作，甚至暗示她，若她好好的做，不多管閒事，一生將不愁吃穿。

她歡欣的微笑以對，感謝他的提拔與栽培，甚至在回到宿舍時，還哼著歌，叫了大餐和同事一起慶祝加薪，喝酒狂歡。

當天晚上，她在浴室裡抱著馬桶一陣狂吐，她不敢喝酒，怕酒後吐了真言，但又不能不喝，只能在酒精被腸胃吸收前，到浴室裡催吐。

那一夜，她才真正明白，Mary為何會在筆記本裡偷偷寫滿那一頁又一頁充滿絕望的——

我想回家。

她也想，但她只是在抱著馬桶吐完之後，抹去嘴角的膽汁，起身回到外面繼續和同事一起假裝喝酒狂歡。

她不知道有多少同事和她一樣窺見了一部分的真相卻刻意視而不見，或者和她之前那般盲目，但她一個也不敢相信，就連與她同時進公司的人都不信。

在這之前她就是個白癡，在這之後，她也只相信自己。

她小心的計劃著逃跑的辦法，她花了整整兩年，假裝成一個沒有良心、愛錢的賤人，終於取得了公司和主管的信任，得到了更高的權限，他們開始讓她出差，讓她回國，她沒有就此跑掉，她知道有人跟著她，只是跑掉是沒用的。

她知道，她見過逃跑的人的下場，她也早就發現事情不只是表面上她所看到的那樣，公司進出口的貨物，有些看起來很正常，就是一些機具或電子商品，但有一些，後來她升職後經手的那些，貨櫃的重量和實際商品的重量與商品價錢根本對不起來。

公司不知道在運送走私什麼東西，而且大概連海關，甚至當地官員也收買了，才會無人聞問，而這正是事情最可怕的地方，因為她很清楚這間公司在全球各地數十個國家都有貿易往來，接觸的越多，知道的越多，她越害怕，她曉得這不只是一間公司的事，在這背後，有更可怕的事情在發生。

公司讓她回國、出差，只是在測試她，看她是不是真如她所表現出來的那樣，看她會不會逃跑，會不會再回來，是不是真的被他們洗腦了。

她知道她若要跑，一定要整個消失，換個身份，成為另一個人，她費盡心思，才終於有機會弄到假護照，可到那時，她早就連拿那本護照逃走也不敢了。

他們在讓她離開園區測試她前，就讓她陸續接觸了那該死的遊戲。

獵人遊戲。

那一刻，當她看到另一位同事竟出現在遊戲裡被當成獵物追殺時，她就曉得，她早已深陷其中。

沒通過測試的，試圖逃亡的，都會成為獵物。

只要有任何一點行差踏錯，下一個出現在獵場裡的就會是自己。

她只能選擇繼續下去。

不是嗎？

腳下的地板不知在何時變得無比漆黑又柔軟，像瀝青一樣黑黏，讓她緩緩下沉。

再回神，她看見自己手上握著一把槍，而她的雙腳深陷在那黑濃腥臭的地板裡，讓她無法動彈，那黑黏的液體從地板爬上了她的腿，將她緊緊包裹，拉著她越陷越深。

她別無選擇的。

不是嗎？

✣ ✣ ✣

恍惚中，她聽見說話聲。

那些聲音在黑暗裡斷斷續續的，忽遠忽近。

妳不能待在這裡，我們只有一個小時，現在只剩十分鐘了——

你確定你可以搞定她？

我確定如果我想要，他們會讓我上她，除非妳喜歡女人，那我可以把她讓給妳。

這一點也不好笑，你到底有什麼毛病？

我的大人，我們兩個之中，妳確定有毛病的是我？我是被逼著來的，妳呢？別告訴我那賊頭有膽子逼妳——

你若識相最好繼續閉著你的嘴，別去打小報告。

遵命，我的大人。還有，妳清楚我這裡比較近，我們來不及抱著她趕到妳房間，如果不想被抓到，滴答滴答，我們只有一小時，記得嗎？妳最好快點手刀飛奔回去。

那嘲弄的語氣近在耳邊，她試圖睜眼，卻只引起一陣嘔吐的衝動，只能繼續閉著眼。黑暗中，她感覺到自己正被男人抱著前進，然後被放到了床上。

一瞬間，她有些驚慌，再次試圖睜眼，卻只覺暈眩。

他像是察覺到她有意識，忽然俯下身來，對她低語。

「噓，別擔心，我不會對妳亂來的……呃，除了把妳的衣服和鞋子脫掉之外，不過我得在監視鏡頭恢復之前，脫掉妳的衣服，如果妳全身整齊的躺在我床上，看起來會很奇怪，OK？」

不知為何，一股荒謬感湧上心頭。

過去幾年，她早已對人失去了信心，但讓她意外的是，方才這抱著她的男人，動作非常的輕柔，他從頭到尾都撐著她的腦袋，沒讓她受到撞擊的頭搖來晃去的，如今竟然還對可能沒有意識的她解釋他要幹嘛？

而且，荷西在哪裡？他為何把她帶回房間？

這傢伙到底想幹嘛？

緊張和恐懼，讓她強忍著想吐的衝動，找回了力氣，奮力睜開了眼，抓住了他脫她衣褲的手。

見狀，他停下動作，抬眼瞧著她悄聲道。

「嘿嘿嘿，別激動，妳撞到腦袋，應該有腦震盪，這麼亂來只會——」

他話沒說完，她已傾身吐了出來，讓她驚訝的是，他不知何時竟早已準備了乾淨的毛巾，接住了她的嘔吐物。

「沒事沒事，沒關係，妳先放輕鬆好嗎？」他撫著她的背，用一種讓人安心的聲音，溫聲安撫道。

「我知道妳有很多疑問，我也有，但妳現在需要休息，我只能告訴妳，別擔心那大塊頭，我們已經把他處理好了，不會有人發現他不見。」

她吐出了簡單的早餐，冷汗直冒，暈眩再度襲來，眼前又是一片的黑。

即便她努力試圖抓住自己的意識，想要穩住自己的身體，一切還是失去了控制，她軟倒在床上，只感覺到他再次迅速的解開她的釦子，脫掉她的上衣和鞋襪與長褲，連貼身內衣褲也剝得一乾二淨，眨眼就將她脫到精光，但也幾乎在瞬間，他就把被子蓋到了她身上，讓她連驚慌的時間都來不及反應。

她聽到衣物的窸窣聲，然後下一秒，那男人把她的頭撐起來，放了一個冰涼的東西在她腫起來的腦袋後方，跟著也上了床，鑽進了被子裡，貼在她身邊，然後在她耳邊說。

「喔，還有，如果妳還有意識的話，先說一聲，我知道妳是內鬼。」

她的心臟大大力的跳了一下，瞬間只覺寒毛直悚，驚慌失措的試圖要抓下耳裡的藍牙耳機麥克風，但他握住了她的手。

「別怕，妳的耳麥在妳摔下樓時就已經摔壞了，如果我想害妳，就不會把妳帶回來了。」

她怎麼可能不怕？她驚恐萬分，這男人卻將大手橫過她的腰，把槍塞到她手裡，那冰冷的觸感讓她一怔，更讓她吃驚的是他說的話。

「喏，這是妳的槍，妳若想，隨時可以對我開槍。對了，謝謝妳幫忙走私手銬進我更衣間。還有，沒錯，我們的人已經接管了船上的監視系統，就算妳耳麥還在，也不用擔心，要不然這房間早就擠滿想抓我們的人了，所以妳安心休息吧。」

她怎麼可能有辦法安心?!如果他們真的接管了監視系統，他幹嘛這麼小心？方才他明明還和那女人說有時間限制的？

各種不安湧上心頭，讓她心跳更快。

但這男人只是側躺在她身邊，伸手拍拍她握槍的手，低聲說。

「沒事的，反正我們現在哪裡也不能去，抱歉沒辦法讓妳馬上去看醫生，如果情況惡化，我們會以妳的安全為優先考量的。」

她不相信！

這一刻，她全身上下每個細胞都在尖叫著想要逃跑，但她清楚他有一點是對的，此時此刻，她根本無法起身，哪裡也不能去。

她需要休息，讓自己恢復過來。

而手中這把冰冷又沉甸甸的槍，確實讓她不安的心穩定了些。

所以，她放棄了掙扎，只是握緊了槍。

過去幾年如惡夢般的日子，讓她學會與恐懼共存，學會如何將意識和身體隔離開來。她強迫自己吸氣、吐氣，吸氣，再吐氣，像過去這幾年的每一天、每一分、每一秒一樣。

現在，她只需要呼吸就好，記得呼吸就好。

其它什麼都不重要。

第四章

接下來幾個小時，她握著那把槍，強迫自己躺著，雖極力維持清醒，卻仍有一度失去了意識，完全睜不開眼，昏沉間，她感覺到他起身過幾次，為她替換以冰塊和毛巾做的簡易冰枕。中途曾有人來送餐，他和來人說了些低級的色情笑話，幾乎明示對方她因為太累正在他床上睡覺，而且今天和明天甚至後天、大後天都會一直在他床上，直到他爽了為止。

沒有人質疑他，不需要質疑。

她會做任何事保住自己的工作，他們每個人都知道，在這個地方，若是變得沒有用處，下場就是會成為獵物，沒人想被丟進獵場。

她也一樣。

當她完全清醒過來時，天色已經再次暗了下來。

這一次，她睜開眼時，已經不再費力，雖然還是有些暈眩，但已不像早上那般嚴重。房間裡沒有人，她被脫掉的衣物不見蹤影，那把槍還在她手裡，她的手指也依然扣在扳機上，長時間握著槍讓她的手指有些僵硬，確定那男人不在房間裡之後，她偷偷在被子底下屈伸手指，等到好一些了，才重新握著那把槍，緩緩坐起身來，誰知一用力，就感覺到左邊肩背一陣劇痛，讓她瑟縮了一下，後腦更是有些抽痛，她換手握槍，抬起右手去摸，摸到一個腫起來的大包。

男人在這時走了進來，身上只套著一件黑色真絲睡褲，袒露著結實的上半身。

她飛快抓起被子遮住自己，戒慎的看著那傢伙神色輕鬆的靠近。

「很好，妳醒了。」他看著她，微微一笑，「妳運氣很好，肩膀先落地，跟著才撞到頭，大部分的撞擊都由上半身承受了，才沒摔破腦袋。」

她看著眼前這傢伙，脫口就問。

「監視器……」

他挑了下眉，重申道：「我們的人接管了監視系統。」

「我一直在睡……」那無法解釋為何她一直在睡，卻沒人覺得奇怪。

「喔。」他領悟過來，笑著說：「妳知道我們也有AI電腦吧？要搞個假的色情片換臉也不是什麼難事。」

她無言，半晌，只再道：「早上……你說有時限……」

他走到桌邊倒了杯水給她，噙著笑，說：「我騙那大小姐的，一開始確實有，後來我們的人接管之後就沒了，我要是不這麼說，那女人還不給我滿船亂跑？」

「那時，」她沒有接過那杯水，只戒備的看著他說：「你說話很小聲。」

「妳腦震盪啊。」見她沒有伸手，他眉再挑，喝了半杯，才再次把水遞給她，「我要是說話太大聲，妳應該會更不舒服吧。」

「既然你們已經接管了監控，你為何脫我衣服？」她指出這個沒有必要的舉動。

「第一，一開始還沒完全接管成功啊，雖然可以靠電腦換臉，但人眼有時比電腦厲害，我們還是需要錄一段我們倆沒穿衣服躺在床上睡覺的真實影像，在我們完成接管前，讓監控的人查看。第二，我不知道妳若是沒有回去，會不會有人跑來查看妳是不是真的在我床上，如果妳衣著整齊的躺在我床上，妳覺得我該如何解釋？」

她瞪著他，半晌，方伸手接過了水杯。

他見了，唇角微揚，才在床邊坐下，繼續道：「我叫達樂，妳叫什麼名字？」

她緩緩吞咽著清涼的水潤喉，沒有回答這個問題，只再舔了舔唇之後，反問：「你怎麼知道是我？」

為了保護自己，她在提供協助時，一直很小心，應該沒有讓對方察覺她身份的線索，她以為她做得很好。

「內鬼嗎？」看著她緊張的眼神，他拿來之前放在桌邊的托盤，掀開上頭的不鏽鋼罩，把那盛放著三明治和水果優格的托盤遞給她，邊說：「因為那支錶。」

她一怔，神色變得更加緊張。

「放心，妳沒有露餡。」他安撫她，道：「我們沒人知道是誰連絡了我們，透露了相關資訊，更不曉得是誰取走了手錶，妳做得很好，我進來前，連那透漏消息的內鬼是男是女的都不曉得。但那支錶既然出現在我的更衣間，表示對方一定能進出我的房間，除了清潔人員之外，就只可能是妳了。當然我不排除是清潔人員，但我不認為這裡的清潔人員會有權限到外界去，甚至有辦法在不被察覺的情況下，弄到拋棄式手機上網傳訊。還能把手錶走私進來替換真品，能這麼做的人，顯然有一定的權限，不會是清潔人員，但換做是負責這個房間的人的妳的話，可能性就很高了。」

「不是只有我能進出這裡，裝那些監視器材的安全人員也可以。」她說。

「我也想過這個可能。」見她依然沒有伸手去拿托盤上的食物，他舀了一湯匙的水果優格入口，才看著她說：「但當我假扮成荷西混進電腦室裡時，妳已經察覺我不大對勁。」

她黑眸微微睜大，像是沒預料到他那時已經發現。

「妳知道我有問題，卻沒有揭發我，因為我手上戴著那支錶，對嗎？」

雖然之前有懷疑，但如今被證實那個荷西真的是他，她仍難掩驚訝，她忍住想追問的衝動，只說：「那也不是荷西的位子。」

「我後來有發現了。」他噙著笑，搖了搖手中的湯匙，說：「那讓我更加懷疑妳就是那個內鬼，之後在溫室裡，我為了取信大小姐，把錶給了她，妳過來時，看了我的手和她的手，知道應該在我手上的錶，跑到了她手上。所以妳才跑回去看我的嘔吐物，妳知道我吃的東西和她不一樣，卻沒有把我們倆掀了，那就是為何我知道妳就是內鬼的原因。喔，當然，妳冒險救了我們倆一條小命，是另一項有力的證據。」

他是被荷西扛出溫室的，那時他應該已經昏迷了，所以他們的人真的已經接管了監控？還是他連昏迷也是裝的？無論如何，他們接管監控這件事，似乎已經不需要懷疑了，至少到目前為止，沒有人衝進來把她帶走。

說真的，她沒想到他發現她在看，她確實在溫室裡就發現原本戴在他手上的錶不見了，而那個女人在離開時，手上多了一支錶，那支她走私進來的錶。

「你故意吐在那女人的嘔吐物之上，是為了掩蓋她的。」想起他與女人先前幾次針鋒相對的對話，她眼角微抽，問出心中的懷疑：「那個女人不在你們的計劃之中，她是誰？」

「一個麻煩。」他沒好氣的說：「一個天大的麻煩。」

她瞪著他，只覺得腸胃一陣翻攪，一股想吐的衝動又冒了出來。

「妳現在是不是有點後悔？」他看著她發青的臉，道：「我也蠻後悔的，既然妳顯然不知道她的真實身份，表示妳上面的人也沒讓妳這層級的人知道玩家是誰，對嗎？既然如此，我就直說了吧，那位神秘富家女，是藍斯·巴特的女兒。」

聽到這名字，她瞳孔瞬間收縮。

「所以妳認得這個名字，很好。」他看著她，乾笑著說：「妳現在是不是在想，既然巴特大小姐也是個有錢人，她和那些變態的玩家一樣嗎？這問題我之前也想過，目前看起來顯然不一樣，不然妳和我可能早就被丟到獵場裡了。」

她漠然開口：「很多玩家剛開始也會吐，但他們留了下來，她也是。」

「說得對。」他拿起其中一份三明治咬了一口，不以為然的道：「只不過我剛好知道，大小姐小時候曾經被綁架，當時有個男人救了她，那位救命恩人拜把兄弟的兒子，聽說後來淪落成了獵物。這關係牽得好像有點遠？」

說著，他自顧自的笑了起來，才又道：「欸，不過那獵物，我是說那兒子，是那富家女的兒時玩伴之一，不過說真的，為了兒時玩伴跑來參加這種變態遊戲，那女人顯然腦袋有問題。她竟然還有臉說，就是因為她爸有錢得要命，跑來參加這種遊戲才不奇怪，每個家族都會有隻黑羊，她就是那隻黑羊。靠，真的是吃飽太閒耶。」

這一連串的解說，和這男人嘲弄的評論，讓她一陣頭昏，她極力回想之前的細節，指出一點：「你們之前沒見過。」

「在這之前沒有。」

「你怎麼確定她能信任？」

「妳怎麼確定紅眼的人值得信任？」他不答反問。

她黑眸再縮，讓他再次微笑起來，說。

「妳測試我們，妳留了假足跡，看我們會不會也有內鬼，循線抓錯人。」他把咬過的三明治放回托盤上，說：「既然妳後續有和我們連絡，顯然我們沒有內鬼。」

為了讓她更加安心，他接著告訴她：「紅眼的老闆拉了藍斯・巴特當金主，如妳所知，巴特大爺有金山銀山。除此之外，紅眼那賊頭非常擅長操縱人心，他不只供吃供住供薪水，為了怕員工落跑，還幫單身員工牽線，甚至幫忙養小孩，走一個零到一百公司養的路線，只要一個不小心就會中招為他賣心賣肝賣身體了。」

這些訊息有點太多，讓她頭更昏，只見他拿起托盤上的果汁，喝了一口又說。

「因為事關重大，關於遊戲裡有內鬼和我們連絡的事，那賊頭沒到處嚷嚷，知道這事的人沒幾個，搞不好連他老婆都不知道。」

說著，他沒好氣的用鼻孔哼了一聲，看著她道。

「回到妳原先的問題，我怎麼確定巴特大小姐能信任？因為我和妳一樣決定賭一把，我在溫室把錶給她時，她配合了我，演了那場戲，拿了錶看到訊息證實我是紅眼的人之後，也沒有把我供出來，反而把錶還給我，還開始跑來糾纏我，試圖想要在這之中參上一腳，那就是為什麼我確定她能信任的原因。現在，妳可以放開被子裡的槍，吃點東西了嗎？妳看起來像是隨時要昏死過去了。妳以為我真的會把有子彈的槍塞到一個半昏迷狀態的人手中嗎？妳可能會不小心在睡夢中開槍打到妳自己。」

見她依然沒有鬆手的意思，他才好笑的挑眉提醒她道。

「槍裡沒有子彈。」

她瞪著他，有些傻眼，這才慢半拍的發現，手裡的槍確實好像有點輕。

一時間只覺羞惱，但在同時她也鬆了口氣。

因為，這男人顯然不是笨蛋。

那表示，她當初做的那個決定，沒有錯。

至少到目前為止，還沒有。

所以她看著眼前那一臉輕鬆的男人，鬆開了藏在被子裡的手槍，伸出手，啞聲開口問。

「我的衣服在哪？」

聞言，他露齒一笑，指了指掛在一旁的浴袍，道。

「妳的衣物沾到了嘔吐物，我讓人拿去送洗了，妳只能先拿那代替了。」

說完，他非常識相的轉身告退，離開了這個有著King Size大床的房間。

✣ ✣ ✣

女人穿著一套名牌運動衣走出來。

達樂在更衣室裡看過那套白色運動衣，不過從來沒穿過，顯然那件浴袍不是讓她很滿意，所以自行去更衣室搜尋了一番。

運動衣是他的尺寸，她穿起來像是在穿布袋一樣，但她把衣袖和褲腳都往上折，看起來有點可愛，就像一隻布娃娃。

她手上端著托盤，托盤上的食物已經空了，看來她終於決定把食物吃了。

她把托盤放到被推到牆邊的餐車上，轉身朝他走來。

達樂盤腿坐在沙發上，卻沒看著電視螢幕上播放著的遊戲畫面，反而從頭到尾盯著她看。

沒辦法，他對這神秘的內鬼實在太好奇了。

武哥和他說獵人遊戲裡有個內鬼時，他對其還半信半疑的，那男人也明白表示，這很有可能是個陷阱，但韓武麒擺明了就算這個內鬼是個陷阱，他們還是有人得咬下這個誘餌，因為對方提供了許多外人不可能知道的遊戲內部詳情。

韓武麒需要有人混進遊戲裡，不只是獵場裡的獵物，還得有人成為玩家。

要成為玩家，他們都知道，對易容術有異於常人天分的他是最好的人選。

如果內鬼這條線是陷阱，至少他們混進來能多少知道這裡面的情況，他只需要想辦法保住自己小命就好。但萬一內鬼這條線是真的，那就是不可多得的機會。

韓武麒向來很懂得把握機會，決定賭這一把。

目前為止，這一把顯然沒押錯。

女人有一張白皙的東方臉孔，杏眼薄唇，黑長髮，身材勻稱，看不出是哪裡人。

乍一看，她長得很路人，身高適中，體重適中，眉目有些不清楚，可他第一眼看見她時，就察覺這女人其實五官很端正清秀，只要把眉毛修一下，頭髮放下來，給人的感覺就會差很多，但她沒有刻意打扮自己，她擦了有點遮瑕效果的防曬，也有塗口紅，可她所有的化妝技巧都拿來把自己變得更加普通，她只上了防曬，刻意不打腮紅，讓臉看起來更大，教五官沒那麼立體，把長髮全部往後梳盤成一個髻也是為了讓她看來無趣，原因可想而知，在這地方女人長得太漂亮不會有什麼好事。

女人一路走到了他面前，對他的視線不閃不避，一雙黑瞳甚至沒有顯示任何情緒，沒有不爽、不悅，也沒虛假的笑容。

「說吧，你想知道什麼。」

他對她挑眉，「我問了妳就會說？」

有那麼一瞬，她眼底出現一抹難掩的疲倦，跟著她深吸口氣，在另一張椅子上坐下，直言道：「我們沒有太多時間浪費。」

「妳叫什麼名字？」他直接再問。

她看著他，眼也不眨的開口說了中文：「倪文君。」

這口音很熟悉，他眉再挑，「哪裡人？」

「臺灣。」

跟著，她報出了自己的身份證字號，出生年月日，「我會找上你們，也是因為我發現那個搞得所有人雞飛狗跳的公司，竟然也來自臺灣，當我發現這件事時，知道這或許是個機會。」

他聽了只伸出食指，噙著笑說：「所以妳才傳了那串看起來是亂碼，但實則是用了凱薩加密的方式加密過的注音碼，若恢復加密錯位，再用注音照著打，就能解碼打出正確文字的訊息。」

這串話，證實了他確實是紅眼的人，因為她當然從未告訴別人她用了什麼樣的方法連絡紅眼意外調查公司。凱撒加密並不困難，注音輸入也不困難，但這兩個疊加在一起要破譯也不是那麼簡單，如果紅眼的人連這也破解不了，那她就不會繼續與他們連絡。

　　達樂看得出來，她明顯又放鬆了些，老實說他也是，因為他們當然也不可能和其他人說，這內鬼到底是怎麼連絡上他們的。

　　「對。」她深吸口氣，再吐出來，鎮定心緒。

　　「妳怎麼會和這遊戲扯上關係的？」

　　這問題讓她黑眸一縮，「這是重點嗎？」

　　「不是，但我很好奇，而妳說過妳會回答問題。」他露出有點欠打的笑容。

　　她沒生氣，也沒再浪費時間，只平鋪直述的道：「我想賺錢，朋友的朋友介紹了一個在海外科學園區的工作，錢很多，我想說趁年輕去闖闖也不錯，所以就去了。一開始我以為這只是一般的外派工作，起初也沒什麼不對，然後事情一件接著一件，我看到了不該看的東西，發現了不該發現的事，等我驚覺情況不對時，已經來不及了，我若不加入，就會被殺掉，這個選擇在當時很簡單。」

　　這狀況，他倒是很能理解。

「妳是工程師？」她看起來不像，即便現在她已經穿上了運動衣，但他早上幫她脫衣服時，可沒白癡到閉上眼睛，這女人的腹部上除了一道手術疤痕外，可還有著驚人的六塊肌呢。

「不是。」捕捉到他瞄向她小腹的眼神，她知道他在想什麼，只淡淡道：「我一開始只是普通的業務助理，做著進出口貿易的行政工作，但當我察覺不對，我知道如果我不想辦法學得更多，我同樣也有可能被取代，結果我做得越好、懂得越多，越被信任，知道的事就越多，沒多久我就發現公司在做的不只是走私，整間貿易公司也只不過是整個組織的一小部分，而且這個組織在經營地下賭場，還開了一個又一個的獵人遊戲讓人下注。」

深深的，她再吸口氣，直視著他的眼：「當我得知這個遊戲存在時，我就知道，只要不聽話，只要犯了錯，我就會被丟進這獵人遊戲。那天之後，我就開始練身體。」

說著，她扯了下嘴角。

「我們公司，可一點也不介意員工習武，他們甚至提供專業教學。」

這話，讓他挑了下眉。

「教學？啊，因為獵人遊戲，是嗎？這裡的每個人都可能被送到裡面去，既然如此，當然懂得武術、會反抗的獵物絕對比只會等死的獵物更有趣。」

這傢伙真的是明白人，她看著他，淡淡道：「也因為他們需要有人負責控制情況，你在電腦室裡也看見了，不是每個人都扛得住壓力。」

言下之意，她可以。

達樂瞧著眼前這位倪小姐，不由得有些佩服。

這女人是個聰明人，因為她的聰明，她才活了下來，但也同樣是她的聰明，讓她越陷越深。她顯然十分清楚這件事，他在她眼中看到一抹陰影，他很熟悉那樣潛藏在心底的鬼魅。

「妳在訊息中說，只要我們能成功混進來證明我們的能力，並達成妳的要求，妳就會提供我們更多資訊。妳的要求是什麼？」

「紅眼意外調查公司的老闆韓武麒是前CIA的探員，底下還有員工曾任職於FSB和FBI，你們專門調查意外，既然如此，我相信你們要讓倪文君意外身亡，讓我有個全新的身份，對你們來說不是個難事。」

他挑眉問：「妳想拋棄原來的身份？」

「全新的身份，還有二十萬美金。」她深吸口氣，道：「最近幾年，我已經能自由進出外面的世界，但我們所有的人都知道，所謂的自由，只是虛假的幻覺，就算在外面，組織的眼線到處都是，只有死人可以自由。所以若是拋棄原來的身份就能得到自由，那這代價很划算。」

確實如此，顯然這女人都想過了。

他點頭表示認同，道。

「我們的人很感謝妳提供安全系統的金鑰，讓我們可以在不驚動任何人的情況下切入安全系統的主機。所以，二十萬美金，可以。為妳製造意外身亡，提供新身份這件事，當然也沒問題，只不過——」

這個最後拖延的語氣有些不妙，讓她眼角微抽。

「不過什麼？」

「不過既然我們現在人在茫茫大海上，前不著村，後不著店的，在我們上岸之前，我需要妳再幫一點點小忙。」他舉起手，將食指和拇指幾乎碰在了一起，只留下一絲小縫，一臉抱歉的微笑。

她其實早料到事情沒那麼容易，所以只開口問。

「什麼忙？」

「原先，我們以為遊戲伺服器的主機就在這裡，但在掌控這艘船的安全系統之後，我們很快就發現了一件事，這艘船的電腦主機不是遊戲最終的伺服器主機，對嗎？」

「對，這裡並不是遊戲伺服器主機的所在地。」

「我們的人掌握了一些上線的玩家，但還有許多玩家沒有上線，如果可以的話，我們當然希望可以找到遊戲的伺服器主機正確的所在地。」他笑容可掬的說。那天大小姐跑去溫室嘔吐時，肯恩就是希望他能找到伺服器主機所在的線索，可惜他們這些天都沒有什麼成果。

「我可以告訴你，等我安全之後，我就會和你說它在哪裡。」她直視著他說：「但我們也不用浪費時間了，你想必也曉得，我的等級不夠高，權限有限，我不知道遊戲的伺服器主機在哪。」

這女人真的很識相。

「我知道妳不知道。」他露出欣賞的笑容，說：「但妳可以輕易的進出船上大部分的區域，對嗎？」

一瞬間，頭皮有點發麻，但說真的她對他接下來即將提出的要求，也早有預料，不過她沒有傻到主動開口討來做，只是面無表情的點頭。

「放心，我不會要求妳做太困難的事。」他笑瞇瞇的說：「既然妳連絡了紅眼，那就是紅眼的客戶，根據紅眼賊頭的規矩，只要客戶沒有做出危害紅眼的舉動，那麼客戶的安全就是我們優先的考量，妳只需要協助我，並在我需要時，掩護我就好。」

這個要求，不會太過份，但她還是面無表情的說。

「可以，但如果你被抓了，我會優先保護我自己。」

「這是當然。」他微笑。

「若你被抓了，我怎麼知道你不會出賣我？」

聞言，他伸手撐著下巴，露齒一笑。

「欸，因為對我來說，被丟到那遊戲裡，就和回家沒兩樣，屆時我想走就能走，那完全不是個問題。」

她黑瞳微縮，露出了一絲不可置信和懷疑。

他見了只是笑，一臉輕鬆的說：「這樣說吧，那天在電腦室，如果我沒坐錯位子，若妳不認得我戴著的手錶，妳還會懷疑我不是荷西嗎？」

聞言，她一怔，才意識到他確實有能力輕易離開獵場，若他能扮成荷西的模樣，那他就能扮演獵場裡大半的獵人，甚至是獵場管理組的成員，若真是如此，就算他想要離開獵場，都是有可能的。

「不過呢，要是我被抓了丟到獵場，我就不能把妳走私出去了，所以，我們第二要務還是要確保我不被逮到，OK？」

「第二要務？」她擰眉，有些懷疑自己聽漏了什麼。

「第一要務得確保妳的安全啊。」他噙著笑伸出一根手指提醒她，跟著再伸出第二根手指：「第二要務是得確保我能順利找到伺服器主機且不被逮到，至於第三……」

她瞪著眼前男人伸出了第三根手指，笑嘻嘻的說。

「妳一臉竟然還有第三的模樣，哈，抱歉，不過確實還有第三，我們的第三要務，就是得讓大小姐安全下莊，等等這說法不太對，她不是莊家，總之就是得讓她平安離開這裡，回到紅眼金主大爺的羽翼之下。」

一瞬間，有些無言。

可她確實能夠理解這第三要務，他先前說過紅眼老闆找了藍斯·巴特當金主，意謂那位大小姐的安全確實會影響到大局。

所以她再吸口氣，點頭同意：「OK。」

見狀，他滿意的將手腕一轉，瞬間變出一把子彈，遞給她。

「喏，妳的子彈。」

她一怔，有些微驚，這男人還是沒有穿著上衣，他手上沒有任何能藏東西的衣袖，但她完全沒看出他到底是從哪變出子彈來的。

像是知道她在想啥，他用那雙黑得發亮的眼看著她，笑道。

「我有一雙靈巧的大手。」

這話不知為何，聽起來有點不太對，幾乎有些曖昧。

她懷疑自己搞錯，這男人當然不可能在這時候和她調情吧？

前幾天，這傢伙看起來就是個自負自傲低級又無恥的色狼，但今天他救她回來之後，就不曾對她亂來，完全公事公辦，她很快意識到，那卑鄙下流的德性是他演出來的。

在這之前，她不曾感覺到這男人對她有任何男女之間的意思，或不良意圖，直到現在。

我有一雙靈巧的大手？

他是在陳述事實還是在暗示什麼？

她瞪著眼前男人，就見他挑起了眉，一臉無辜的晃了晃手中的子彈們。

「我想妳還需要這個吧？」

她猛地回神，飛快伸手接過了那把子彈，快步轉身走回房。

達樂看著女人的背影，左眉再挑。

腕上的手錶再次震動了起來。

他垂眼看去，上頭顯示阿震已查驗了她方才說的個資，確實有倪文君這個人，她說的相關資料都沒問題。

對此他並不意外，這女人不是笨蛋，她既然曉得這裡的安全監控系統已經被他們掌握，就該知道紅眼的人會聽到她與他說的每一句話，不會傻到講些錯誤的資訊。

不過，他並不全然相信她說的話。

他也不是笨蛋。

這女人並不信任他。

這一點，讓他揚起嘴角。

不信任是對的，他都不相信他自己了。

唉，糟糕，他好像更加欣賞這女人了耶。

情不自禁的，他輕哼著歡快的英文老歌，從褲口袋裡掏出一塊特製矽膠，開始小心仔細的捏著全新的面具。

✣
✣
✣

男人輕哼的英文老歌飄了進來。

他沒唱出歌詞，但這首老歌的旋律即便是她也有點印象，那是上個世紀中期五六零年代的歌，她忘了歌詞，也不記得歌名，甚至不記得是哪位歌手唱的，只隱約記得那是個很愉快的歌曲，和現在兩人所處的情況一點也不搭調，倒是像渡假時才會哼的歌曲。

她深吸口氣，緩步走回床邊，思考著自己的處境。

早在前些日子，她鼓起勇氣連絡紅眼意外調查公司時，就已經做了決定，但即便事已至此，她依然感覺有些恐慌，手心在不覺中又汗濕了。

她坐上床，拿枕巾將握在手中被汗浸濕的子彈擦乾，再把子彈一一裝到彈匣中，裝到手槍裡，手中的武器不知為何仍然沒有讓她安心些，她現在已經對用槍很熟練了，垂眼看著手裡的槍，晦暗的回憶隱隱在腦海邊緣浮動，她強制將其推開。

不是現在。

若被抓到了，她有的是機會崩潰。

將冰冷的槍塞到枕頭下，她掀開被子重新躺下。

無論如何，把握休息的時間，讓自己盡快恢復才是最重要的。

仰躺著，她看著天花板，深深再吸口氣，然後緩緩吐出來，閉上了眼。

她重複著呼吸，卻還是感覺緊張，她不讓自己思考，乾脆讓心思放在他哼唱的曲調之中。

到底是哪首歌呢？

她記得歌詞不斷在重複 I love you、you love me 之類的，單調又愚蠢，但萬分洗腦，那年代的歌都那樣。

原唱到底是哪位歌手呢？

唱《雨中旋律》的那人嗎？

是不是還有一句，是 all the night 呢？她不確定。

她不相信外面那男人相信愛情，但他哼這曲子的感覺很悠閒、很歡快，散發著輕鬆愉悅的氛圍，讓人更加昏昏欲睡。

在那讚頌愛情的曲調中，她盡力維持著神智，但疲倦還是悄悄偷襲了她，讓她一個不小心，在那歡快柔軟的哼唱中，鬆開了理智，昏睡過去。

第五章

碰碰碰——

嚇人的敲門聲突然響起。

她猛地驚醒過來，跟著就被近在眼前的男人嚇了一跳，她沒料到有人會在床上，反射性抬腳就往前踹，但男人在瞬間就伸手擋住了她的攻擊，還抓住了她試圖去藏在枕頭下手槍的手。

「親愛的，我知道妳在想什麼，很高興妳已經有力氣攻擊我了，但我在這裡只是為了睡覺，OK？」

她瞪著那個雙眼仍閉著的男人，驚訝之餘又有些尷尬，認真說起來，這真的是他的床，而且這張床很大，顯然他覺得既然兩人之前都一起睡了，現在繼續一起睡在床上也沒什麼。

敲門聲依然砰砰作響，敲得人心口發慌。

「一般工作人員不會這樣敲門，這裡是有門鈴的。」那意謂會這樣敲門的人，只可能是他認識的人或者其他VIP，更有可能那傢伙兩者皆是。

她低聲說：「你不去開門嗎？」

他當然也聽到了那陣急促的敲門聲，但他只是睜開了惺忪的睡眼，沒好氣的道：「我比較想睡覺。」

見他鬆開了她的手，重新閉上眼，一副不打算理會那人的樣子，她閉上了嘴，但敲門的人顯然沒打算放棄，那讓她的心跳忍不住加快，感覺每一下敲擊都像是敲在她腦門上，教她不禁再次低語：「雖然你們的人掌控了監控，那不表示其他VIP或工作人員不會聽到。」

「這裡房間大門的隔音很好，大小姐敲久了就會放棄了。」

敲門聲持續不停，他的說明證實了她的猜測，但門外是巴特大小姐這件事沒安撫她，只讓她神經更加緊繃。

「我以為你說過我們的要務之一就是要保護她的安全，若有人剛好在走廊上，發現她在狂敲你的門——」

他再次睜開了眼，看著眼前也側躺在枕頭上的女人問：「我不去開門妳是不會放棄的吧？」

她抿著唇，眼角微抽，承認道：「對，我不會。」

聞言，他嘆了口氣，翻開被子起身下床，開了燈。

當燈亮起，她看到他結實光滑挺翹的屁股時，才意識到他方才竟然全裸的和她一起睡在床上。

這讓她又是一驚，就見他抓了擱在一旁單人椅上的真絲睡袍隨意套上，走了出去。

門外傳來說話聲，她沒傻到讓自己繼續躺在床上，一等他離開，她立刻就從枕頭下抽出手槍，檢查彈匣裡的子彈還在，確認保險已開，這才下了床，緊握著槍，赤腳來到臥室門邊，窺視臥房外的動靜。

門外果真是那位大小姐，那女人已經跟著一臉睡眼惺忪打著呵欠的達樂，堂而皇之的走了進來，讓她吃驚的是，女人不是一人孤身前來，她進門後，身後竟然跟著一個出乎她意料之外的人。

荷西?!

她心下一悚。

怎麼會？難道他掙脫了他們的束縛？他身後有人嗎？他通報了上級嗎？

剎那間各種恐怖念頭在腦海閃現，然後恐懼為她做了判斷，她抓著槍跨了出去，將槍口直對著那個只披著睡袍的男人。

「別動！」

被槍比著的達樂停下腳步，看著她，挑起左眉，然後笑了。

「妳認真？」

她當然是認真的，她能活到現在，靠的可不是天真無邪。

豈知下一秒，他就閃電般伸出了手，擊中她的手肘內側，讓她的手無法控制的內彎，幾乎在同時他另一隻手抓住了她持槍的手掌，然後也不知怎麼搞的，電光火石間，那把槍就這樣被他奪了過去，反過來對著她。

她心跳一停，黑瞳一縮，原以為他會開槍，哪知卻見他噙著笑說。

「別鬧了，我以為我們已經說好要一起合作了，不是嗎？」

這話讓她頸後寒毛直悚，不禁驚懼的瞥了一旁的荷西一眼，不知為何那男人只是在進門後就轉身把門關上杵在那兒。

達樂見狀，恍然過來，再笑：「喔，抱歉，我忘了和妳說。這位長得很像妳同事的好人，不是妳的同事，是我同事。」

她一怔，一下子沒反應過來，就見荷西對她微微點頭，她這才猛然想起，眼前這男人是個易容高手，顯然他不只擅長幫自己易容，也擅長幫人易容，難怪之前他說不用擔心荷西，原來他們不是把他處理掉而已，還找人替換了他。

一時間，她有些驚疑不定，但讓她吃驚的，是眼前這傢伙竟然關了保險，掉轉了手槍，把槍還給她。

「喏，現在，妳還想和我們合作嗎？」

她瞪著他，早已被忘卻許久的羞恥伴隨著難堪同時上湧，讓臉耳微紅。可即便如此，她還是深吸口氣，伸手接過了槍。

他唇角再揚，黑眸中卻沒任何嘲笑的意味，只隨意揮揮手介紹三人。

「倪文君，大小姐，肯恩。」

本站在一旁看戲的女人聞言，冷聲開口。

「什麼大小姐？」

他頭也不回的朝沙發走去，邊說：「不能叫大小姐嗎？那公爵大人可以嗎？但現任公爵大人還沒死吧？」

女人眼一瞇，不爽的斥道：「你狗嘴裡就吐不出象牙嗎？」

他沒回這句，女人也沒打算等他回，只轉過頭來摘下了遮住她上半邊臉的面具，露出其下的面容。

這含著金湯匙出生的女人有著一張很有個性的臉，她鼻子有點高，眉目帶著些許英氣，一雙銀灰色的眸子直視著她，讓文君心頭又一跳，然後女人伸出了手，和她自我介紹。

「伊莉莎白。」女人跟著用中文和她說：「妳也可以叫我莉莉。」

沒料到這大小姐竟然會這麼做，她又一怔，握著手槍站在原地，半晌，才強迫自己鬆開一隻手，和她握手，自我介紹：「倪文君。」

她聲音有些沙啞，她克制住想清喉嚨的衝動。

莉莉握著她的手，直視著她，說：「若妳哪天想拿槍對著我，我絕對不會像男人那麼好說話，所以別做蠢事，明白嗎？」

這直接的威脅，讓她渾身一僵。

見狀，莉莉鬆開了手，朝客廳走去。

幾乎在同時，文君也清楚意識到那有著荷西樣貌的男人正打量著她，當大小姐鬆開她的手之後，他也朝她伸出了手，開口說：「肯恩。」

這低沉的嗓音和荷西也很像，讓她不由得又一驚，但眼前高大的男人就算看出來了也沒多說什麼，只以他的大手輕輕握了下她的小手，很快就鬆開了。

然後，他腳跟一旋也跟著朝客廳走去。

看著客廳裡那三人，她遲疑了一下，才舉步往前，加入他們。

✣

✣

✣

「好了，妳要進門，我也讓妳進來了，大半夜的，妳那麼匆匆跑來敲我門做什麼？」

伊莉莎白二話不說，抓起桌上的搖控器按下，遊戲畫面立刻出現在電視螢幕上。

黑夜中，那座叢林裡火光處處，其中最誇張的地方是座山丘，大火圍著山丘燒成了一大圈，熊熊烈燄幾乎照亮了整個夜空。

達樂見了，吹了個口哨，笑了出來。

「哇喔！」

「你還有心情笑？很好。」莉莉眉一挑，把搖控器扔給了他，「你可以說明一下現在是什麼情況嗎？」

他手一伸就接住了搖控器，邊操作畫面查看情況，邊抓著一頭亂髮，打著呵欠笑問：「欸？我說明？妳一直在看實況轉播都不清楚了，我這個一直在睡覺的怎麼會曉得？」

「別告訴我，姓韓的沒有告訴你，他派了誰進去裡面，除了阿萬和霍香，那獵場裡還有誰？」

達樂看了一眼在大小姐身後的男人，「妳怎不問他？」

「我不知道。」男人聳著肩，慢條斯理的道：「你也清楚，武哥認為有時候有些事情，我們不知道會比較好。」

達樂點點頭，指著那男人，看著大小姐回：「沒錯，妳聽到了，他都不知道了，我怎麼可能會知道？」

莉莉眼一瞇，冷聲道：「既然我決定要蹚這渾水，你以為我來之前沒做過功課？如果你沒有兩把刷子，無法判斷情況，那賊頭怎麼可能讓你混進來？」

這明明聽起來應該是種稱讚，她的口氣就是能說得好像他是隻打不死的蟑螂，而且她是在明指著肯恩無法判斷情況嗎？

達樂帶著笑意看向她身後的男人，那傢伙只是面無表情的看著他，像是對她的間接評價一點也不在意。

「妳有做功課啊？原來如此，也對。」達樂沒繼續看那男人，只將視線拉回大小姐身上，嘻皮笑臉的說：「那既然妳都知道阿萬和霍香了，能搞出這場面的有誰妳會不曉得嗎？」

說著，他一邊從分割畫面中，選了視角最好的幾個放大。

莉莉擰眉瞪著他，有些不爽，腦海裡瞬間浮現幾個人選，第一個當然是大猩猩，那讓她臉色一變。

「不是妳想的那個，老傢伙就算想，也得經過他老婆同意。」

她鬆了口氣，然後想到另一個女人，但達樂看也沒看她就已經開口再道。

「也不是那個瘋婆子。」

說著，他終於選到了一個不錯的視角，停下來觀賞。

莉莉聞言，這才想起另一個瘋狂的傢伙，她雙眼大睜，低咒一聲。

「Shit！那一家子就沒一個正常的嗎？」

「欸，不會吧？」達樂噴笑出聲，拿搖控器指著那烈焰處處的畫面，「妳真以為那老傢伙能教出正常的小孩嗎？搞出這種大場面，對那臭小子來說，才是家常便飯啊。」

莉莉一怔，有些啞口。

達樂笑道：「他曉得只有在這樣的環境，才對這兩個最有利，大火不只能讓熱感應器失效，還能讓藏在暗處的獵人無所遁形，這下沒了科技設備器材上的落差，妳覺得誰的勝算更大？」

他邊說甚至還邊順手下注，讓莉莉更加不可思議的瞪著他。

始終站在一旁的文君，只看見螢幕裡，二十號和那位偵探在火光沖天的雨林中，配合得天衣無縫，好像這兩人的背上有長眼睛似的，那對男女的動作既快又準，讓追蹤的鏡頭都追不上，只能往後拉遠查看，前幾天她就看過一次二十號的身手，但這回眼前的一切更加讓人震撼，更別提方才這兩人的對話，擺明了——

「二十號和這男人是你們的人？」

這句話，讓莉莉看向那個穿著男人運動服的女人，她臉上還是沒什麼血色，白得像鬼，但一雙眼始終一眨不眨的盯著螢幕裡那兩人看。

達樂聞言，倒是如她一般，瞥了那女人一眼，秒回。

「對。」

文君看著那一對宛如末日殺神一般的男女，再問：「你們還有其他人假扮獵物在獵場裡？」

「這個嘛，我想他應該不會覺得自己是獵物。」達樂聳了聳肩，扯著嘴角笑道：「大概也懶得假扮成獵物，如果我沒猜錯，他就是去搗亂的吧。」

她看著那一對男女，衝出了火場，一路往山丘上狂奔，雖然看不清楚，但很明顯山上有人在接應兩人，不少跟著衝上前的獵人都被山丘上的狙擊手擊退了。

所以，那另一個人，顯然就是狙擊手。

「只有一個嗎？」她轉過頭，看向那個神色輕鬆的男人。

達樂直視著她的眼，微笑。

「不只一個。」

這個男人幾乎有問必答，一雙眼清澈坦然。

她知道他這麼做，是想要她的信任，可事情從來不會如此簡單。

他什麼話也沒說，只笑著再挑了下眉，像是知道她在想什麼，而他一點也不介意。

那神情讓她眼角微抽。

他當然不可能知道她在想什麼，可雖然才和他相處沒多久，她已經明白他是個很擅長摸透旁人心思的聰明人。

他不可能知道，但他能猜測，而從他之前和大小姐的對話中，顯然他猜測的準確率極高，而且他也知道。

他很會看人臉色。

她也是。

所以她才能活到現在。

不知為何，她有種這個男人也是如此的感覺。

看著他臉上那玩世不恭的笑容，和那雙清澈坦然的黑眸，一絲不該有的好奇突然上湧——

忽然間，巨大的爆炸聲傳來。

她猛地回神，在場的人全都看向螢幕，就見那座在叢林裡的山丘整個坍塌了下去，激起的土石煙塵在火光中四濺，讓後續追上前的獵人都紛紛趴地閃躲。

那混亂的狀況，讓莉莉臉色一白，咒罵出聲：「Shit！現在又怎麼了？」

「Game Over了吧。」達樂笑著說。

莉莉聞言，惡狠狠的瞪向他。

「OK、OK，這不好笑，我知道。」達樂攤開手，噙著笑說：「放心，那臭小鬼會這樣搞，一定早就有後路了，大猩猩也教過妳吧？天無絕人之路，對他來說，路是人走出來的，沒有死路這件事。」

莉莉銀眸一縮，想起那男人確實是如此，眼前這傢伙又看似一點也不擔心，她這才稍微鬆口氣。

遊戲的聊天室裡亂成一團，每個人都在叫囂發問，想來主廳裡的情況也差不多。

「話說回來，妳大半夜冒著被人發現的風險跑來，就是要叫我看這個嗎？妳來之前在哪？該不會是在主廳吧？妳有沒有想過可能會有人跟著妳？」

達樂將搖控器扔到沙發上，微笑看著那位大小姐，問。

「我們之前的人設，我應該是個一直在騷擾妳的無恥色狼，而妳非常非常厭惡我，不是嗎？」

莉莉聞言，冷冷的看著他，道。

「對。」

「所以，」達樂耐著性子，皮笑肉不笑的再說：「如果有人發現妳三更半夜跑來找我，不會很奇怪嗎？照理說，妳應該盡力和我保持距離吧？」

「邏輯上來說，是如此沒錯。」

莉莉說著，沒打算離開的樣子，反而走到沙發旁坐了下來。

達樂嘆了口氣，只能再問：「那現在是？」

「我認為這個人設很有問題。」莉莉將雙手交抱在胸前，往後靠在椅背上，看著眼前那衣衫不整的男人，和那個安靜得像是要和背景融成一片的女人，然後她挑眉道：「既然我們要合作，這對我們的行動很不方便，當然我能理解之前你倉促之下才做出這樣錯誤的決定，幸好我想到了解決的辦法。」

他一點也不倉促，那也不是錯誤的決定，他就是故意這樣做的，但——

「解決的辦法？」達樂看著那位大小姐，忽有不祥之感。

「我決定更改一下我們的人設。」莉莉揚起下巴，告知他。

「更改我們的人設？」達樂忍不住重複她的話，這女人在說什麼鬼？

「沒錯。」莉莉看著他，還有那位內鬼小姐，道：「我是個驕縱任性的有錢大小姐，你是個卑鄙無恥的壞男人，對我這樣的女人來說，你這樣的人很新鮮。」

啥？等等，他剛剛聽到了什麼？

達樂傻眼看著她，就聽那女人輕啟紅唇道。

「男人不壞，女人不愛。雖然你這傢伙很討人厭，但總的來說，你自有一種性感的魅力，要說服別人我會被你引誘，不是件太困難的事。」說著，她還看向那位內鬼小姐，伸出纖纖玉指指著他問：「對嗎？他看起來不會太糟。」

忽然被點名，文君一愣，還真不知該說什麼，不禁看向那傢伙，豈料身旁這男人忽地一個箭步上前，滑溜得像泥鰍一樣，一屁股坐到了大小姐身邊，笑瞇瞇的說。

「原來妳對我有意思，妳早說嘛，這設定也不是不可以，那我們是不是先來試試看，我們倆合不合？」

他邊說邊傾身，大手伸到了大小姐身後，意圖搭上那女人的肩——

下一秒，他的賊手就被人抓住了。

不是大小姐，是假荷西。

他抬起笑眼，看向那個不知何時來到沙發後的男人。

「怎麼，你有意見？」

大小姐跟著轉頭，瞇眼看向那個男人，皮笑肉不笑的說：「是啊，怎麼，你有意見？肯恩？」

「別鬧了，妳早發現他不是肯恩了吧？」達樂嗤笑著道。

莉莉用鼻孔哼了一聲，不爽的瞪著那個男人，直接道：「我不會和你回去的，如果你還打著這個主意，最好快點放棄。」

男人沒理她，只看著達樂，問：「你怎麼發現的？」

這句讓文君又一怔，只因她發現，男人的聲音完全變了，和先前低沉渾濁帶著北歐口音的嗓音完全不同，變得有些英國腔。

「第一，金主大爺不是笨蛋，一定派了高手二十四小時貼身保護她。第二，肯恩不是那麼不懂得幽默的傢伙。」達樂噙著笑說：「大小姐剛剛暗示你無法判斷狀況時，你眼裡一點笑意和無奈都沒有。第三，你從進門後，就幾乎對她寸步不離，一雙眼沒離開過她身上幾秒，而據我所知，肯恩才剛娶了老婆，他也不是那麼花心的傢伙，但你的面具確實是出自我手，那表示你要嘛幹掉了他，要嘛是他自願給你的。而我真的不認為，有人能在不破壞面具的情況下，從他手上搶下面具，那表示你十之八九是金主大爺的人，是那位不幸被大小姐甩掉，又費盡千辛萬苦才混進來的保鏢。還有，放心，我對這種麻煩的女人一點興趣也沒有。」

男人無言，鬆開他的賊手。

達樂笑瞇瞇的起身退開，還不忘對那男人行了個花式的屈身禮，道：「對你的境遇，請讓小人我在此致上最深切的同情。這女人你可以帶走了，小人我要回房去睡大頭覺了，快走不送。」

說完，他大爺就這樣拍拍屁股，轉身回房去了。

眼前這一切真是不知在演哪齣，讓文君看得有些傻眼，可這一男一女就這樣大眼瞪小眼的互瞪著對方，不知是想吃了對方還是殺了對方，那緊繃的情緒讓空氣像是要燒起來似的，她遲疑了一秒，就決定此地不宜久留，跟著腳跟一旋，轉身回房。

✣ ✣ ✣

一進門，她就看見達樂半點也不害羞的脫掉了真絲睡袍，然後就這樣光溜溜的直接上床鑽進被窩裡躺好。

看著那個瞬間躺平的男人，她忍不住說。

「你知道外面那兩個沒打算離開吧？」

他看著她，微微一笑，「至少我現在不需要在外面當砲灰。」

這一秒，門外傳來爭執的聲音。

他嘆了口氣，道：「麻煩妳把房門關上。」

她順手關上，把那爭執關在門外，但也不是很想靠近眼前那張床。

再一次的，床上那傢伙像是知道她在想什麼，只用手支起腦袋，側身拍拍他身旁的位子，微笑道：「相信我，妳最好把握所有能睡覺休息的時間，因為接下來會發生什麼事，我們誰也不知道。」

他是對的。

如果他想對她做什麼，恐怕早就做了。

看著那嘻皮笑臉的男人，她強迫自己舉步上前，坐上了床，但她沒鑽進被窩裡，只把手槍塞回枕頭下，面對著他，側身緩緩躺下。

見狀，他打著呵欠翻身關掉了燈。

她在黑暗中靜靜躺著，聽著外面隱約的爭論，忍不住再問。

「你在來這之前沒見過外面那兩個人吧？在兩個陌生人就在門外的情況下，你有辦法睡覺？你就這麼相信他們，不怕他們只是裝的？」

「小姐，是妳讓我去開門的。」他沒好氣的說。

他的聲音從前方傳來，幾乎近在眼前，她能感覺到他吐出的氣息，讓她不自覺屏息，不禁想要後退。

女人屏住的呼吸，和幾不可察覺的細微動作，讓達樂心頭莫名一緊。

即便拚了命的壓抑，但她的緊張和恐懼總是會在言行舉止中散發出來。

她很努力了，他知道。

換作旁人，可能看不出來，但他太擅長察言觀色了，而這小心翼翼的女人，讓他想起了許多年前那個苦苦求生的自己。

因為如此，他在黑暗中開了口。

「外面那兩個是陌生人沒錯，不過妳有槍，如果他們真的闖進來，我相信妳知道怎麼開槍。」

這話，只讓她想起來方才她對他舉槍相向的事。

她真不知道這男人在想什麼，到底膽子要多大，才會把槍還給一個可能會對他開槍的人？

可也因為如此，讓她稍微放鬆了一些。

暗夜裡，男人又打了個呵欠，低啞的聲音再次傳來。

「妳知道，金主大爺請的保鏢，絕對不是普通角色，外面那傢伙，百分百是保鏢界一等一的好手。」

她不知道他期待她說什麼，所以只是保持沉默，他卻開口再道。

「我不曉得這是怎麼發生的，但他顯然喜歡那位任性的大小姐。」

她繼續沉默著，就聽他接著說：

「真可怕，妳說會不會是斯德哥爾摩症候群？」

聽到這句，她終於忍不住脫口。

「我以為斯德哥爾摩症候群，指的是被害者對加害者產生情感。」

男人低低的笑聲傳來，「所以啊，妳不覺得那傢伙是個被害者嗎？對那個總是欺壓他的加害者產生了感情。」

「你怎麼知道他喜歡大小姐？」

「開玩笑，妳沒看到他看我的樣子嗎？如果他那凌厲的視線是一把刀，我應該死好幾次了。再說了，那兩人之間，簡直就是火花四射，客廳裡的空氣啪啪啪的，只差那麼一點就要燒起來了。」

這話，讓她忍不住扯了下嘴角。

感覺到她在這閒聊中漸漸放鬆了下來，達樂也不自覺揚起了嘴角。

跟著，他就聽到她用那輕柔好聽的聲音問。

「你不擔心你在獵場裡的同事嗎？」

「我在千里之外，擔心沒個屁用。」他告訴她，「我只需要做好我該做的事，其它的，那就是命。」

這話聽來很豁達，但不知是不是因為在黑暗裡，她還是從那低啞的聲音中，聽出了潛藏其下的感情。

這男人表面上看起來玩世不恭，可那只是他戴在臉上的面具。

不知何時，她已感覺不到他的吐息，但他仍在身邊，她才發現他已經再次躺平，不再面對著她。

這張床很大，如果不刻意靠近，兩人甚至不會碰到彼此。

她的雙眼慢慢適應了黑暗，漸漸看到了他的側臉。

他已經閉上眼，胸膛在絲被下規律的起伏著，彷彿已經睡著。

奇怪的傢伙。

她想著，跟著閉上了眼，讓身體休息。

門外的兩人仍在說話，但已經沒在爭吵，不知過了多久，她突然再次聽到敲門聲，整個人嚇得抽搐了一下，驚醒過來才發現她方才竟然睡著了。

眼前的男人長吸口氣，再吐出來，這次沒等她開口，他就已經起身下床，這次直接套了一件長褲。

她有些訝異的看著他，然後注意到，這次對方敲的門是臥房的門，敲門的聲音並不急促，只輕輕敲了兩下就沒繼續了。

顯然他也注意到了，所以才那麼快就爬了起來。

她抽出枕下的槍坐起身來，看見他打開門，站在門邊和外面的人低聲交談了幾句。

「我不清楚，但可以這樣假設……」

「若你……更詳細的資訊……肯恩可以……」
「沒問題。」
「可以商量……我也不希望大小姐出事……」
然後他笑了出來，最後一句話說得異常清楚。
「兄弟，祝你幸運。」
說完，他關上門，再吸口氣，然後吐出來，讓他背上的肌肉線條跟著繃緊再放鬆。
窗外遠方已有天光微亮，她看見他轉過身來，一雙眼如星子般燦燦發亮，嘴角掛著一抹笑，真心的笑。
看見她，他黑眸中的笑意收斂了一些，然後再次放了開來。
「我們的獵物還活著。」他走回床邊，上了床，這次沒脫掉那真絲長褲，只愉悅的伸出兩根手指在空中跑動，說：「順利帶著其他獵物逃走了。」
她不敢置信的睜大了眼，「你說什麼？」
「二十號和她的男人，帶著所有的獵物逃走了。」他微笑重覆。

「所有的人？全部？」她一臉震驚，臉更白了，「你確定？」

見她那模樣，他抓起房間裡的搖控器，打開床前的電視螢幕，讓她自己看。

遊戲畫面跳了出來，但所有的畫面都沒有獵物的存在，聊天室裡的留言瘋狂跑動，全都在說方才發生的事。

她看著那些討論，有些茫然。

「怎麼可能？發生了什麼事？他們怎麼做到的？」

他微笑跳上了床，靠著床頭，看著前方的畫面，告訴她：「我們的人找到了獵場的所在地，那賊頭派人開了直升機去接應，一次搞定。」

「但獵物手上的手環裡有炸彈……」她有些暈眩的說：「一離開就會爆。」

「我們知道炸彈都是靠訊號去操控的，所以在派人進去前，就做了一個能攔截訊號的可攜式裝置。」不過那東西是有極限的，但在得到她的信任，並確定這女人真的能信任之前，他可沒蠢到說出來，只笑著道：「若沒有幾把刷子，那賊頭怎麼敢蹚這渾水？他可是拉了巴特大爺當金主的，在他的金援和資源下，要搞出這些小東西，不是什麼太困難的事。」

話到一半，他就看見她唇微顫。

「這麼多年來，從來沒有發生過……」她轉過頭來，看著他啞聲說：「也許有一兩個人逃走，但這種規模，我從來沒看過，也不曾聽說。」

水光浮現在她眼中，開始聚積。

「從來沒有……」

她悄聲吐出這幾個字，那聲嗓無比沙啞、壓抑，他能看見她微張的唇在輕顫，看見那一直以來，平靜死寂的黑眸，伴隨著水光，浮現一絲希望。

他知道為什麼，因為即便她死命的在黑水裡掙扎，試圖不要沉下去，但她沒想過有可能成功。

直到現在。

直到她看見了他們把所有的獵物都帶走，如果他們有能力帶走一群人，當然有能力帶她脫離這該死的煉獄。

她吸氣，再吸氣，顫顫的，無比小心又急迫的，吸著氣，想要控制自己。

可她做不到，那是希望，這麼多年來，她第一次，看到了希望。

他知道那是什麼感覺，在黑暗中，終於見到光明時的懷疑、震驚、不敢置信，然後感覺到希望，又害怕它消失無蹤的恐懼。

那讓人更害怕了。

他知道。

但也會更加渴望。

他曉得。

一滴淚，滑落她蒼白的臉龐，在冷色的晨光中，發亮。

那雙黑眸，滿溢著壓不住的情感。

眼前這張臉，好似到這時，才終於有了顏色。

這是這些天以來，他第一次清楚看見這女人未經掩藏真實鮮明的情緒，她壓不住。

這一刻，她看起來就像是充滿了裂痕的玻璃娃娃，彷彿隨時都會破碎。

胸口莫名抽緊，待回神，他已經伸出了手，緩緩以拇指抹去那滴滾燙的淚。

他的動作，讓她再喘了口氣，瞬間想後退，但那撫觸如此輕柔，幾乎像是只碰到了那滴淚，沒碰到她，而他那雙眼……

那一雙，即便是笑著，都顯得冷硬的黑眸，在這一刻，卻變得如一汪溫暖的幽泉，讓她覺得他像是直接從她的眼，看進了她的心，彷彿看透了她這個人。

剎那間，只覺赤裸，比被他看見身體更加赤裸。

脆弱且赤裸。

她本能的想閃避他的視線，卻做不到，只感覺到另一串不受控制的淚滾落。

悄悄的，他再抹去，開口。

「我會帶妳出去的。」

他說這話時，眼裡沒有笑意，嘴角沒有嘲弄，就只是告訴她而已。

那是個承諾。

心頭，莫名顫動。

「所以，妳可以呼吸了。」他悄悄說著，告訴她：「現在，吸口氣。」

不由自主的，她深吸口氣，再吸口氣，因為吸得太大口，反而嗆咳起來，

但身體好似在長久以來，直到這時才得到了氧氣，才重新有了力量。

他的嘴角揚起，那笑意上升到他眼裡，讓心又顫。

一時間，有些窘，她匆匆垂眼轉身下床，站著又喘兩口氣，試圖定下心神，卻在這時看見他也下了床，朝更衣室走去。

他沒關上更衣室的門，她能看見他脫掉了睡褲，挑了一套西裝穿上。

見狀，她明白他沒打算繼續睡覺，她知道為什麼。

如果紅眼的人真的救走了七區獵場裡的獵物，外面現在一定很混亂，這是一個機會，一個趁亂到電腦室，尋找遊戲終端伺服器主機線索，不可多得的好機會。

不再多想，她再吸口氣，舉步走進那敞開的更衣室。

「你還有個同伴叫肯恩的在船上，是個電腦高手，對嗎？」

聞言，他回頭挑眉看她，沒有否認。

那人既然是電腦高手，又已控制了船上的安全系統電腦，想從船上的主機找到位在其它地方的終端伺服器就不會是難事，難的是不驚動旁人。

她看著他，問：「他需要你找的，是進入終端伺服器主機的金鑰密碼，對不對？」有了那串金鑰，那駭客就能不知不覺的潛入其中了。

他揚起嘴角，笑問。

「妳知道誰有嗎？」

「我的主管，凱吉。」她猜他早就知道了，這不是什麼太困難的推理，她看著他，說：「他現在應該在電腦室，但他不會把金鑰放在桌上，他沒那麼蠢。」

達樂也是這麼想的，他穿上襯衫再問。

「他房間呢？」就他所知，那些金鑰密碼都又臭又長，一般人還真無法輕易記起來。

「有可能。」她說，看著他雙手靈活的交替扣上衣袖釦子。

「但妳不認為他把金鑰放在房間裡？」他抓起褲子穿上。

「他是個很小心的人。」她告訴他。

「喔？」他抽了一條領帶，為自己繫上。

「嗯。」她眼也不眨的應了一聲，注意到這男人真的有一雙很靈巧的雙手，他甚至不用看鏡子就俐落的將領帶打好。

「但妳知道他可能藏在哪裡。」她的回應，讓他挑起了眉。

這一句，可不是問句。

她看著他的眼，只再確認：「如果我幫你們拿到金鑰，你們就會幫我製造我的死亡，帶我離開，並給我一個新的身份？」

他直視著她的眼，二話不說的道：「我保證。」

她沒因此就放心，只追問：「你要怎麼做到？」

「等我們拿到金鑰，我們的人會製造騷動，妳會意外身亡，假荷西會確認妳的死亡，等妳被裝進屍袋——」

聽到這，她直接打斷他：「他們會直接把我扔到海裡。」

「我知道。」他朝她眨了下眼，「那就是重點啦。」

她擰眉，他卻笑了。

「記得我說我們控制了安全系統嗎？」他抓起外套穿上，這次轉過去看那面全身鏡了，他順好衣領，拉好外套，弄了些髮蠟，熟練的順過那頭亂髮，沒幾下就整理好原本凌亂的黑髮，還不忘抓了一絲瀏海，讓黑髮看來亂中有序又有些不羈，再對鏡中的自己，露出一個玩世不恭的笑容，才轉頭看著她說：「妳以為真正的荷西去了哪？我們早就把他弄出去了，不然他若留在船上，我們還得想辦法餵他吃飯耶。等妳進了屍袋，到時我們中途再來個貍貓換太子，將屍袋掉包，接下來的就不是問題了。」

她有些無言，老實說，在這之前，她還以為荷西已經死了。荷西還活著的事，她不知是好是壞，但現在這也不是她能擔心的事了。

看著眼前打扮著自己的男人，她還是有些不安，可他雖然看似輕佻，那雙眼卻很堅定，他看起來很清楚自己在做什麼，不像之前在主廳、餐廳和溫室花房時那樣，那時的他，打扮也很時尚漂亮，自大又自信，揚聲說話、神情譏誚又不屑，帶著惹人厭的流裡流氣。

現在眼前這男人，有著相同的打扮，也是那樣笑著，神情看來卻完全是另一個人，感覺其實有點詭異。

她的沉默，和閃過眼底的不安，讓他笑得更開心。

「我知道妳很難相信我，很好，不要相信我，妳要相信妳自己。」他黑眸發亮，笑著告訴她：「妳現在還在這裡，沒有被丟到獵場，就表示一直以來，妳的直覺都很好，做出的判斷都是對的，所以妳繼續相信自己就好。」

她瞪著眼前的傢伙，想告訴自己這只是話術，可他的笑意不只在唇邊，還在眼底，他不是在嘲諷，是真的這樣認為，但他看她的樣子像是撿到寶一樣的開心，讓她莫名的有些惱，卻又在同時，感覺到心定了一些。

無論如何，她確實還沒被丟到獵場。

所以，她開口告訴他：「凱吉會把金鑰密碼隨身攜帶，出了這種事，他現在一定在控制室，所有的領位員都必須跟在貴賓身邊，以防萬一有人趁機鬧事。我會找人來代替我跟著你，再到控制室找他。」

「如果東西在他身上」他直接問：「妳要怎麼拿到它？打昏他，搜他身嗎？」

「我會想出辦法的。」她說。

他再笑，瞧著她說：「妳知道他把金鑰放在什麼東西裡，對吧？手錶、煙盒、項鍊、皮帶？喔喔，好，原來是皮帶，是那種有暗袋的防搶皮帶是嗎？那暗袋裡藏些鈔票小紙條是還蠻好用的。」他看見她的瞳孔瞬間縮了一縮。

她被他觀察如此細微嚇了一跳。

「皮帶很難離身吧？除非要脫褲子，男人沒事可不會去脫皮帶。」他挑了下眉，說：「別告訴我妳打算色誘他。」

她擰起了眉，眼角微抽，「我沒那個打算，我會打翻他的飲料，讓他回房去換褲子。」

「我想也是。」他笑著說：「所以妳會跟進他房間裡，在他換褲子時，拿走他藏金鑰的寶貝皮帶，讓他拿著那把點四五的柯特追著妳滿船跑？」

聞言，她一陣啞口，就見他朝她眨了下眼。

「我想這個部分就交給我們吧。」

她瞪著他。

「雖然我也不太喜歡團隊合作，但人多是有好處的，妳現在不是一個人了，這樣吧，既然他是妳的主管，遊戲又出了那麼大的問題，如果有人在主廳鬧事，他到主廳去做說明的機率應該不低，對嗎？」

「或許，你想怎麼做？」她狐疑的看著這眨眼就已把自己打扮好的男人。

「現在，我打算去主廳湊個熱鬧，妳要做的就是穿上妳筆挺的西裝，把這個血袋放到妳左邊的內衣裡，然後到主廳來，剩下的部分，我們會搞定的。」

說著，他把一包鮮紅的假血袋交給她。「記得此面朝外。」

她一怔，看著手上的血袋，還沒反應過來，就見這男人舉起左手，用右手食指敲了敲錶面，噙著笑道：「妳有十分鐘回房收拾行李，還是妳需要更多時間？」

這話，讓她確認了他打算今天，在十分鐘後，就會把她弄出去。

她有些不敢相信，但這男人眼裡充滿了自信，他知道自己在做什麼。

「不用。」她深吸口氣，心跳飛快的抓著那血袋，直接塞到了運動褲的口袋裡，然後轉身快步走出去。

第六章

事情順利的嚇人。

她是跑回去的，因為昨晚的騷動，幾乎所有的人都被叫醒去支援，宿舍區裡沒什麼人，少數的幾個見到她披頭散髮、衣著凌亂，就算有多看一眼，也沒多說什麼。

這裡的人對她昨晚待在哪裡都心知肚明。

她的室友不在床上，那讓她鬆了口氣，她脫掉了運動衣，飛快打開衣櫃，拿出那件有鋼圈的胸罩穿上，換上備用的黑西裝和藍牙耳麥，她沒有試圖拿走房間裡的其它東西，她不想讓人事後察覺有什麼不對。

她把寫著此面朝上的血袋塞到左胸的胸罩裡，整理好襯衫，穿上槍套，檢查子彈，把配槍塞進槍套裡，將頭髮盤回頭上。

臨出門前，她不由得在門邊佇足，看著掛在門後的鏡子裡的自己。

如果她要後悔，這是最後的機會，恐懼緊抓著她的心，但她清楚自己不能再這樣過下去。

鏡子裡的女人回望著自己，讓她想起當年那個天真單純的女孩。

她還記得那開心的笑臉，還記得女孩曾有的願望。

深深的，她吸了口氣，拉開門走出去，快步跑向主廳。

一進主廳，與她輪班負責達樂的葵就靠了過來。

「我以為妳太累了，應該還在休息。」

葵是個日本人，性格有點問題，平常總是話中有話，隱隱帶刺。

「妳有意見嗎？」

她冷冷的開口，直視著那女人，直到葵眼角一抽，主動閃避了她的視線。

就在這時，前方突然傳來一陣騷動。

她抬眼看去，一眼就看見那男人。

幾乎是在進門的瞬間，她就看見了他，那一秒他沒朝這裡看來，可不知為何，她知道他也注意到她進門了。

幾分鐘前，他還老實待在他的位子上，如今卻不知怎地，竟跑到了主廳的正中央，手上還舉著一杯紅酒，囂張的和不知何時來到主廳的凱吉對峙著。

「先生，請你先回你的座位好嗎？」凱吉露出好好先生的笑容，微笑道。

「不，除非你先恢復連線，否則我不會回去！」達樂高舉紅酒，轉頭看著四周的VIP，「親愛的諸位，你們不覺得這太誇張了嗎？都已經過了多久？這遊戲卻一點進度也沒有，我們哪個不是砸了大把的鈔票才來到這裡？卻被這樣晾著！現在不只二十號不見蹤影，連其他獵物都消失無蹤，我們還無端被斷線，光是會播些獵人廣告有個鳥用，我他媽的是付錢來看廣告的嗎？」

「我不覺得我砸了大把鈔票，不過可能對你來說，那很大把吧。」

一名戴著數條粗大金鍊的黑人咧嘴嘲弄著。

他轉過身朝那人看去，挑眉笑道：「是沒錯，不過即便是小鈔票，被這樣對待你老兄他媽的不會不爽嗎？」

這話讓黑人張大了鼻孔，還沒開口，就聽到一旁那戴著金面具的女人冷聲道。

「我會。」

女人揚起白皙的小手，冷冷道。

「我來這兒，是為了得到我的獵人，可不是為了看這些——」她擺擺手，道：「鬧劇。」

「沒錯，就是鬧劇！」達樂舉著酒杯，腳跟一旋，再回身看著凱吉，結果因為轉身太快，竟把整杯紅酒都灑到了凱吉身上，「喔喔，我應該要說聲抱歉嗎？」

他伸手拍著凱吉沾到紅酒的胖肚子，像是試圖把紅酒拍掉，但只是越弄越糟。

「喔，我的天啊，老兄，你還吃得真飽啊，不是嗎？」說著他還多拍了兩下，拍得凱吉的肚子砰砰作響。

這話讓臺上的凱吉額冒青筋，文君被他火上澆油的行為嚇到，立刻上前想去制止他這愚蠢的行徑。

凱吉臉上紅一陣白一陣，那一秒，她真的很怕他會伸手掏槍，腳下更快，但荷西比她更快，她看到荷西時愣了一下，就見荷西上前拉住了達樂的手臂。

「先生，你喝醉了，可以請你先回位子上嗎？」

「別碰我！你什麼東西！」達樂甩開了他的手，和凱吉勾肩搭背的道：「兄弟，我不是要找你麻煩，我付錢參加遊戲，就是因為你們宣稱這遊戲絕對真實，保證實況，現在這狀況他媽的是實況嗎？」

凱吉忍著滿腔怒火，皮笑肉不笑的說：「我們正在安排新的獵物——」

他揚起手，輕拍著他肥胖的臉，「NONONO，老子他媽的就是要看二十號，我已經在她身上砸了錢，那女人是我的獵物，之後會成為我的獵人！你現在是要告訴我，你們連個女人也搞不定嗎？就算她跑了，你們不會把她抓回來嗎？這遊戲他媽的是個笑話嗎？」

她在這時終於衝到了臺上，荷西也重新抓住了他，誰知在一陣拉扯後，那男人不知怎地竟從凱吉的槍套中掏出了槍。

混亂中，槍聲響起。

下一剎，她的胸前炸了開來，那衝擊讓她渾身一震。

有那麼一秒，她真的以為自己中了槍，那個男人對她開了槍。

結束了。

她想著，這就是她的死期。

她愣在當場，看見鮮紅的血濺到眼前三個男人身上。

凱吉瞪大了眼，達樂的嘴張成了O字形，荷西則一把搶過了槍。

幾乎在同時，她看見那男人趁所有人的注意力都在她身上時，伸手解開了凱吉肚子上的皮帶，迅速從皮帶後的暗袋，抽出了一張紙條，他的動作極快，而且利用另一隻手遮住了他的動作，若非她靠得近根本看不到，然後那傢伙竟然在這時，還不忘對著她朝地板點了下頭。

幾乎在同時，她才察覺她沒有中彈，那一槍雖有擊發，卻是空包彈，她不知他是怎麼做的，但達樂把子彈調包了，她感受到的衝擊，是胸前那血袋自己炸開了。

她再傻也及時反應了過來，伸手摀著噴血的胸口，識相的立刻軟倒在地。

主廳裡瞬間響起驚聲尖叫，她躺在冰冷的地板上，感覺到人們奔逃的喧嘩，荷西衝上前來，將手壓在她胸口上，俯身看著她，無聲開口。

把眼睛閉上。

即便萬分恐慌，她還是逼自己閉上了眼，感覺到他把手放到了她的頸側，同時聽到達樂驚慌鬼叫的聲音。

「喔！喔！抱歉！我發誓！這真的是意外！她還好嗎？」

荷西低沉的聲音響起，宣告。

「她死了。」

✣ ✣ ✣

這一切如此荒謬，她不敢相信這樣可以行得通。

可事情就是成功了。

沒有多久，她就被裝到了屍袋裡，她可以聽到人們在她身旁走動，聽到凱吉竟然反過來安撫達樂，告訴他這確實只是個意外，請他不用擔心，先回房休息。

然後有人摘掉了她的藍牙耳麥，跟著她被人抬了起來，她不知道抬她的人是誰，從頭到尾一動也不敢動，只能裝成屍體，讓人放上擔架床抬了出去。

一路上，除了車輪轉動聲，她幾乎沒聽見別的聲音，推動她的人沒有交談，沒有說話。

驀地，身下被推動的擔架床停了。

恐懼在黑暗中越升越高，她不知道究竟過了多久，只感覺度秒如年，只聽到心如擂鼓，覺得會在下一瞬被人發現自己假死，以致於當屍袋終於被打開，光線透了進來時，她仍不敢亂動，甚至不敢呼吸。

然後，一隻大手輕觸她的肩頭。

「倪小姐，妳可以起來了。」

她一怔，睜開眼，看見站在床頭的荷西，但那不是荷西，是那個假扮成他的男人，她很快發現自己人在另一間工作人員的窄小艙房。

男人縮回手，介紹床尾的人，「這位是肯恩，他會告訴妳接下來要怎麼做。」

文君一驚，才看見暗影裡，站著另一個男人，那人扛著另一具黑色的屍袋，那張臉俊美無比，帥到恍若天使。

「交給你了。」假荷西朝肯恩點頭。

「謝了。」肯恩朝他點頭。

男人沒再多說，只轉身開門走了出去，出去後還不忘把門給關上。

沒想到那男人就這樣走了，她再一驚，飛快翻出屍袋從床頭下了床，戒備的看著那金髮藍眼的傢伙，右手同時往後抓住門把，以防有任何意外。

男人伸手扯掉了擔架床上空掉的屍袋，把肩上扛著的那具屍袋放上去。

「倪小姐，時間緊迫，請妳換上在下鋪的衣物和假髮。」他邊說邊將明顯有內容物的屍袋在床上擺放好，然後火速收拾那空屍袋，將它折疊好。

她沒有動，她不由自主的瞪著那從屍袋中露出來如她一般的幾縷黑髮。

察覺到她的視線和緊張，他飛快把拉鍊拉開給她看裡面的東西。

文君一愣，就見裡面不是哪裡弄來的屍體，只是具用床單和枕頭紮出來的布偶，被戴上了黑色的假髮。

見她瞧清了，他甚至沒浪費時間解釋，只是把折好的屍袋塞進去，把拉鍊重新拉上，不忘留了一撮黑髮在拉鍊外，同時從口袋中掏出了一具事先做好的頭套面具戴上，邊調整邊說：「一會兒會有些騷動，請不要擔心，一切都在我們的計劃中。」

聞言，她這才回過神來，匆匆彎腰去拿床上乾淨的黑西裝，她將身上染血的衣物脫下，拉開屍袋，將那衣物塞了進去，在拉上拉鍊時，不忘照他方才的方式，也把一撮黑髮留在拉鍊外，她明白這是刻意避免人們查看的最好方法，對面的男人沒有多看她一眼，只是繼續說明。

「妳的面具是和妳輪班的松本葵，假髮也是她的形式，妳們體型差不多，應該不會有太大問題，我們路上若是遇到旁人，我會負責應對，請盡量不要開口說話。」

她動作迅速的換上衣物，戴上假髮，同時注意到那男人的面具，竟也是一張荷西的臉。

「如果我們撞見松本葵本人呢？」她忍不住問。

「因為妳已經意外身亡了，我相信她現在仍在值班負責應付達樂，他會設法留住松本小姐。」

她一怔，沒想到他們在短短時間就想到這麼多，不再多想，她套上面具頭套，那面具有種奇怪的質感，而且一套上臉，竟然自動收縮沾黏到她臉上，好似第二層皮膚一樣，把她嚇了一跳。

她忍不住摸了下臉，然後看見肯恩把手機給她，告訴她：「調整一下妳的臉，讓五官在該在的位置上。」

她接過手機，打開鏡頭，對著螢幕調整葵的那張假臉，那並不困難，這東西其實幾乎就是葵的樣子，她只要輕輕一推，它就到了正確的位置上。

雖然細看還是有些違和，但乍一看真的會讓人以為她是葵，戴上假髮之後就更像了。

「可以了。」肯恩看著她，伸手和她討要手機，然後握住了擔架床的床尾，說：「我們出去之後，無論發生什麼事，都請妳緊跟著我。準備好了嗎？」

她深吸口氣，忍不住開口提醒：「金鑰，凱吉若發現暗袋裡的金鑰不見了，他會用最快的速度去更改它。」

男人聞言，藍眸微暖，溫聲說：「放心，達樂有一雙靈巧的手，他方才已經把金鑰密碼拍照傳給我了，我相信他現在已經把那張小抄放回原位了。」

她再一怔，有些吃驚，這幾個人的默契也太好了，她沒再多說，只將手機交還給他。

肯恩接過手機，伸手到放在上鋪的一台筆電上敲了幾個鍵，她看見一個倒計時的時間跑了出來，還沒來得及多看一眼，男人已闔上了筆電，將筆電藏到擔架床下方黏住，跟著朝她點頭。

「走廊上沒人了，開門吧。」

她沒多問他為何知道外面沒人，也沒問那倒計時是要做什麼的，只是轉身開門，然後和這傢伙一推一拉，把這擔架床推送到走道上。

✣
✣
✣

兩人推著擔架床一路朝電梯走去，路上遇見的人沒有一個多看他們一眼，船上有四五百個工作人員，但他們每一個都清楚自己身在什麼樣的環境中，對於自身可能隨時會有的下場，並沒有太多的人想要面對，甚或細想。

她原以為他是想帶她上甲板，直接把屍袋扔進海裡，豈料他卻沒進那通往出口的電梯，反而走到一般電梯裡，進電梯後，他按了通往樓下的按鈕。

雖然好奇，但她沒有多問，他在電梯停下之後，領先拉著擔架床出去，她就是安靜的跟在後面推，沒多久她就發現他要去哪裡。

這一層的走道與牆面沒有任何裝飾，就像一般的貨輪一般，她甚至能聞到機油的味道，一名負責引擎的機師穿著工作服經過兩人身旁，在看到擔架上的屍袋時，他習慣性的撇開了視線。在穿過了長長的走道，穿過一扇門之後，兩人進入一個她幾乎沒來過的空間，他堅定的拉著擔架床往前而去，來到船艙靠牆的一扇門旁。

那扇門有安全人員守著，但一看見屍袋問都沒問就直接打開了門，大門一開，室外的天光立刻透了進來，海風與霧氣迎面襲來，帶來海水的味道。

她看著門外的濃霧與大海，明白自己沒猜錯，這門是方便讓引水人出入的艙門，除此之外，他們也拿來棄屍。

就在這時，遠處傳來一聲巨響，船體跟著震動了一下。

人們一愣，卻在下一秒，聽到火災警報響了起來。

房裡的機師船員聞聲紛紛衝向安全出口。

「搞什麼？發生了什麼事？」守門的人壓著耳邊的耳機麥克風問，跟著臉色蒼白的喊：「幹！失火了！我們得離開這裡！別拖拖拉拉的！動作快——」

她心一驚，可眼前的男人萬般鎮定，只是眼也不眨的直接把屍袋扛起來，往外一扔，將它送到了大海的懷抱。

守門的傢伙甚至沒有試圖檢查屍袋，沒多看一眼，只是匆匆關上了對外的艙門，轉頭就跑。

這一秒，她領悟這就是他們所謂的計劃，方才的倒計時顯然就是為了要製造這場火災。

「你們放了火？你們瘋了嗎？」船上火災最是致命，更別提他們還是在無邊無際的大海中，這就是為何那守門的傢伙不是從這裡跳海而是往上跑，因為上面才有救生艇，若要在海上存活下來，在救生艇上絕對比直接跳海的機率高。

說著，她轉身跟著想跑，男人卻伸手拉住了她，「不是那個方向。」

她回頭看他，卻見他眼也不眨的上前把即將關上的艙門再次打開，微笑開口：「我們從這裡出去。」

有那麼一瞬間她真的以為他會像扔那屍袋一樣的把她也扔下海，誰知他只是扔下了引水人使用的繩梯，伸手把藏在擔架床下的筆電拿出來，邊示意她先下去。

「抓緊梯子下去，我們的人會在下面等妳。」

她一怔，探頭往下看，才發現下方濃霧中，不知何時來了一艘小艇緊貼在郵輪旁，即便此刻郵輪並未在航行，這麼做仍然十分危險，霧中的風浪有點大，但對方駕駛技術高超。

上方的甲板又傳來一聲爆炸聲，讓她又一驚，連忙爬下繩梯，小艇上的人在她下來時，協助她上船，她剛站穩就看見肯恩已經帶著筆電緊跟在後，從繩梯上跳了下來，他雙腳才落艇，開船的人已經發動了引擎，飛快駛離這艘巨大豪華郵輪。

一個女人在她上船後，丟了件黑色的雨衣給她，示意她蹲下，她匆忙穿上，照著指示蹲下，卻仍忍不住回頭看去，只見郵輪上冒出了好幾處火光，不少人抓著水柱忙著滅火。

所有的起火點都在郵輪的另一側，所以沒人往這邊看。

雖然海面起了霧，但她仍隱約看見幾輛直升機匆匆從上方的停機坪起飛，那是送VIP離開的，但沒有救生艇被放下來。

她很快就發現，沒有救生艇被放下來是因為不需要，火勢迅速被控制住了。

小艇飛快開到了一艘在附近的遠洋漁船的另一邊，幾個人快速的轉移到了漁船上，若有人看過來，只會看到這艘遠洋漁船。

像是察覺到她在看什麼，站在她身旁的肯恩開口道。

「只是電線走火，加上幾個小小的意外而已。與其炸掉這艘郵輪，讓它靠岸維修，對我們追蹤人員與物資的動向，更加方便有利。」

因為如此，她終於明白瞭解，為何這間紅眼意外調查公司，竟然敢挑戰這無法無天的獵人遊戲。

他們全都想過了，這些人的每一步動作，每一個決策，都經過計算。

霧更濃了，遠洋漁船和郵輪漸行漸遠。

臉色蒼白的，她睜著大眼，環抱著自己，站在船舷邊，不敢眨眼的直視著霧中那艘郵輪，直到它完全消失在濕冷的海霧中，她才終於允許自己顫抖了起來。

一張毛毯在這時披到了她身上，她嚇了一跳，整個人幾乎往旁跳開。

「抱歉，嚇到妳了嗎？」女人朝她伸出手自我介紹，「妳好，我是烏娜。」

她強迫自己伸出手。

「倪文君。」

烏娜的手很結實溫暖，嘴角微揚，和善的說：「達樂說妳有些腦震盪，妳現在還會暈眩或想吐嗎？」

這是她沒預料到的問題，文君愣愣看著眼前黑髮削得極短的女人，有些啞口。

「太緊張？無法判斷？沒關係，如果有不舒服，隨時和我說。」說著，她轉頭拍了肯恩的肩膀一下，「喂，把面具拿掉，看著很嚇人的，小心我誤會你是摸上船的賊人，揍得你滿地找牙！」

肯恩揚起嘴角，伸手摘掉了面具頭套，看著她說：「妳也摘下來吧，別讓人誤會了。」

文君聞言，也連忙摘下自己的面具頭套，烏娜回頭，被嚇得退了一步，「Shit！我還以為妳就長剛剛那樣。」說著，烏娜笑了起來，細細的端詳了她的臉，道：「我喜歡妳這張臉。來吧，我先帶妳到艙房休息。」

烏娜說著，轉身帶頭領路。

雖然仍有些忐忑，但她緊抓著披在身上的毛毯，快步跟上。

✣
✣
✣

遠洋漁船真的是艘遠洋漁船，她沒有在船上待太久，不到幾個小時，她就再次被轉移到一艘豪華遊艇上，那位叫肯恩的男人上了直升機，她不知他要去哪？或許是要趕去破壞伺服器主機，但這也只是她的猜測。

肯恩離開之後卻同時來了另外一個皮膚黝黑、挺鼻大眼，看來年紀稍長幾歲的男人。男人沒和她多說什麼，但她很快認知到，現在事情由他說了算，不到半天的時間，她就被送到了一座小島。

那座島是座私人島嶼，沒有太多的人造建築。

她並不確定自己人在哪裡，組織的郵輪離港已經過了一周以上，她很久以前就查過，那艘郵輪時速可到二十二節，七天的時間夠從美洲開到亞洲了，這座島有可能在太平洋上的任何一個地方。

紅眼的人始終和她一起，除了烏娜，還有那位皮膚黝黑的男人，烏娜叫他阿浪，那男人沒有肯恩高，但走起路來像隻貓一樣，安靜得嚇人。從遊艇上島時，他走在她身後，她完全沒聽到腳步聲，等回頭看船時，才發現身後有人跟著，害她嚇了一跳。

男人扛著一大箱行李，沒有和她多說什麼，只對她挑了下眉，然後視線就越過了她，看著她身後的人，朝對方點了下頭。

她轉回頭，看見伊莉莎白．巴特站在那裡，正在和烏娜說話。

在巴特大小姐身後，站著另一個身材高大的男人，她不認得那張臉，但很快就從大小姐對待他的態度，察覺到這男人就是那位倒霉的保鏢。

他已經沒有戴著荷西的面具，但那位大小姐和他之間的火花，真的很難讓人忽視。

她繼續往前走，大小姐朝她點了下頭，然後經過她身邊，伸出雙手熱情的擁抱了那位叫阿浪的男人。

「阿浪哥，好久不見。」

「丫頭，好久不見。」阿浪露出白牙，小心的側著身子，挪開扛在肩上的行李以防敲到她的頭，笑著讓她擁抱。
她輕輕抱了他一下，才往後退了一步，打趣道：「武哥說你負責這次的行動時，我真的鬆了口氣。」
「哈哈，幸好不是力剛是嗎？」
「沒錯。」莉莉噙著笑說：「他雖然很厲害，但感覺超亂來的。」
「說到亂來，妳這次才真的是太亂來了吧？」阿浪扛著行李邊走在碼頭上邊笑著道：「我聽到妳在那艘船上時，驚到下巴都要掉下來了。」
莉莉擰著眉，輕哼一聲：「我就知道船上那傢伙不可信，我明明叫他不要說出去的。結果我一上島，馬上就接到武哥的電話，把我唸了一頓。」
「別開玩笑了，他還想活好嗎？達樂膽子再大也不敢瞞著這消息，妳的小命要是有什麼三長兩短，我們全部的人恐怕都得跟著陪葬的。」
「拜託，你以前不是常和我說人人生而平等？」
「我就隨便說說，騙騙有錢小女生而已，誰知道妳這麼好騙？」阿浪開玩笑的說，不忘警告她：「拜託妳回家後，別和妳爸說是我教的，妳就說是耿叔說的好了，反正這也是他教我的。」

莉莉聞言大笑出聲，拍了他一下，「好啦，不會害你的，屋子就在前面，你先過去放下東西吧，其它晚點再聊。」

阿浪點點頭，扛著行李就往那在林子後方的屋子走去。

莉莉停在原地，看著那活像個影子壁花的女人，對她挑起了眉。

「很高興看到妳還活著。」

文君聽了有些無言，因為不知該怎麼回，所以她只是沉默的點了下頭。

「放心，這座島是我家的，我坐飛機離開那艘鬼船之後，來到這裡完全合情合理。」

莉莉說著，帶著文君往前走，邊告訴她。

「這座島是我們家族渡假的地方，島上有最先進的保全設施，沒有我的允許，沒人能輕易靠近島上，只要有人越過我們在海上設下的安全線，無論是在天上或海裡，都會驚動警報系統，這裡除了我們沒有別人，不會有人知道妳在這裡，紅眼的人之後會送來妳新身份的所有相關證件，這段時間，妳就安心在這休息吧。」

她沒有因此感到安心，沒人能輕易進來，也意謂著沒人可輕易出去。

這讓她有點焦慮，但她壓下那感覺，沉默的再點點頭，跟著那富可敵國的大小姐，朝那棟房子走去。

島上的房子很大，她一眼看去也有七八間房，屋子前後都有刻意種植的花木，那綠意提供了隱私，她被那位大小姐親自帶到一間靠後方的房間裡。

大小姐簡單和她說明屋子裡的設施，基本上屋子裡該有的都有了，冰箱裡甚至有著最新鮮的食材。

自始至終，那位保鏢一直跟在她們倆身後，讓她完全無法放鬆下來。

所以，當莉莉終於轉身離開時，她真的鬆了很大一口氣。

因為那女人即便對她態度良好，對娜娜露出笑顏，當然更別提她熱情迎接的阿浪，但她從頭到尾都沒理會那個跟在她身後的男人，看都沒看一眼，完全當他不存在。

而即便那傢伙擺著一張撲克臉，她依然能感覺到他壓下的脾氣。

當這兩人終於離開時，她確信房間的熱度瞬間降了幾度。

那兩人之間，簡直就是火花四射，客廳裡的空氣啪啪啪的，只差那麼一點就要燒起來了。

男人的聲音，驀地在腦海中響起。

這好笑的評論回憶，讓她不自覺揚起嘴角。

然後，再一愣。

她已經很久沒有這樣發自內心的笑了，這念頭，讓她收起了笑容。

到這時，她才想到，她忘了問，不知這男人後來怎麼了？

他還在那艘郵輪上嗎？還在玩那遊戲嗎？

他說他的目標有三個，一是要找到金鑰密碼，二是要保護大小姐離開，第三就是要讓她脫身。

這三件事，他都做到了。

真是……不可思議……

那麼長久以來，她從來不敢相信任何人，他卻在短短數日內，就讓她相信了他。

說起來，這人還真的是救了她一命。

不過，她想，她應該是不會再看見他了。

莫名的，有些遺憾。

我叫達樂。

這名字，應該也是假名吧？

她扯了下嘴角，深吸口氣，抹去腦海中的身影，關上門，轉身走進浴室。

洗去一身疲憊後，她拿起脫下的胸罩，小心的把鋼圈推了出來。

金黃色的光芒在燈下閃耀著，她將那兩條細長的黃金鋼圈彎成手環的形狀，退下左手的繩結，將它整個拆開來，將原本包在裡面的兩條繩子，以黃金手環替代，再重新用金剛結將其密實的包覆在其中。

黃金比原先包在其中的繩子更粗，但不會差到太多。

她綁得很緊，完成後特意的在燈下檢查，確定沒露出其中的黃金，她才將它戴回左手，然後開始清洗衣物。

第七章

牆上有一隻飛蛾。
它已經在那兒停了一天一夜。
女人躺在床上，盯著那隻蛾，聽著海浪聲在黑夜中，一陣又一陣。
風吹得樹影四搖，嘩嘩沙沙的，那隨時響起的聲響，讓她時不時就會驚醒過來。
眼前的飛蛾，只是讓她無法安眠的原因之中，最微不足道的一個，但她就算閉上眼，依然會意識到它的存在。
它被困住了。
島嶼蚊蟲多，這兒有裝紗窗，她不知它從哪跑進來的，或許是她進出時，它不小心飛進來的，或許是透過浴室的通風口，她不確定，但總之它進來，再找不到出口。

所以停在了牆上，一動不動，假裝旁人看不見它，希望她沒有注意到它。

可她注意到了，時不時就會朝這誤入房間的飛蛾看去。

半個小時前，她特別關上了燈，打開窗戶，希望它能被屋外的燈火吸引，自己飛出去，可它依然停在原地，困擾著她，成為她失眠的原因之一。

雖然明知這裡是巴特家的私人島嶼，擁有的保全系統絕不會輸一般國家級的安全系統，她依然無法好好安睡。

來這裡已經好幾天了，她還是無法覺得踏實。

第一天晚上，她就已經把自己知道和組織相關的公司，所在的國家、城市都告訴了烏娜，她也說明組織自稱阿西米特，有無限的意思，有關的公司通常都會有類似含意的名字，她也坦承她並不真的知曉組織的全貌，但能說的她都說了，紅眼的人很快就有了動作，他們幾乎徹夜未眠，幾個人輪流在電腦前和在遠方的人連絡，做線上支援。

第二天晚上，她試圖問過烏娜，她何時可以拿到新的身份離開這裡，那女人只是告訴她，還需要一點時間。

這一等，又是二天過去。

在這島上，無論是紅眼或巴特家的人都對她很好，偶而紅眼的人會來詢問她一大堆和組織相關的問題，其餘的時間並沒有人來打擾她。

除了暫時無法離島之外，沒人管控她的人身自由，她想去哪就能去哪，這座島不大，但也不小，她試著每天在海灘上走一段，但觸目所及，除了這豪華的建築群，看不到什麼太多的人造物。

海灘的盡頭是座高聳的岩石岬角，那地方沒有沙灘，海岬在那直接沒入海中，潮浪上來會擊打在岬角上，激起碎白浪花。

她考慮過爬上那座突出高起的海岬，從那可以一路往上爬到島上的至高點，或許能因此看清這座島的地形，但這麼做，有點太過顯眼。

所以，她只是轉身往回走。

這些人對她很好，沒有限制她的自由，不表示他們不會監控她。

至少，在這裡她不需要擔心食物的問題，大屋裡有個大廚房，裡面甚至有個儲藏室堆滿了各種食物，冰箱除了一般小冰箱，甚至有一間可以直接走進去的冷凍庫，裡面當然也被人儲備了各種存糧。

如果她不想見人，在她房間裡，也有小廚房和冰箱，她可以自己在這裡料理簡單的食物；事實上，這幾天若非必要，她就是在這裡自己隨便做三明治吃的。

並非紅眼的人沒有邀請她，而是她在他們有機會開口前就先回來了。她不想和他們混得太熟，她沒有在此多做停留的打算。

落地窗外，明亮的月，緩緩攀上了夜空。

看著那寧靜的月，莫名的焦躁卻還是在心中堆積。

飛蛾還在眼角，停在牆上，一動不動。

驚。慌。畏。懼。

看著那隻嚇到不敢動的飛蛾，她再躺不下去，掀開涼被起身下床，走到料理檯旁，拿起喝到一半的礦泉水，把其中的水全都倒進水杯裡，再以廚房剪刀剪開礦泉水保特瓶，把上面三分之一處整個裁剪開來，分成上下兩部分。

她左手拿著喝水開口的上半部，右手拿著下半部的底部，轉身朝那飛蛾停佇的牆面走去。

它依然不敢動，愚蠢地祈望她看不見它。

她太過瞭解它的心理，剩下的事，比她以為的還要簡單，她只是低頭垂眼，慢慢走過去，在它還沒反應過來時，就以下半部的空瓶，罩住了它。

飛蛾驚慌失措的飛了起來，在礦泉水瓶裡振翅飛舞，她將瓶子挪離牆面，飛快把上半部的瓶子蓋了上去。

飛蛾依然在瓶中慌亂拍打著薄翅，想要逃離，但當然它做不到。

她抓著那關著飛蛾的空瓶，開門走了出去。

原本，想將它在門外放生，可前方主屋的燈火依然還亮著，從中庭這兒看過去，能看到肯恩坐在那原木餐桌旁正在敲打鍵盤。

原先離開的他，昨天帶著一堆電腦器材設備也上了島，甚至特別來告知她，他們已經找到了遊戲的伺服器主機，可惜對方已經發現，啟動了自動毀壞機制，不過他們拿到了大部分玩家的資料。

那不是唯一的一座，只是七區的伺服器主機，而且理所當然，組織在其它地方還有七區的備份。

事情還沒有結束。

這裡的每個人都心知肚明，她當然更加清楚。

紅眼造成的破壞雖然遠超過以往的規模，但仍然有限，很有限。

遊戲依然會繼續下去。

這早在她預料之中，她本來就不曾期望他們能瓦解組織，他們畢竟只是一間公司，而遊戲幕後的組織，卻遠超過國家級的規模。

她只期望他們將她弄出來而已。

焦慮在心頭又往上堆疊，一層又一層，她將其推開，把注意力從煩躁的焦慮拉回眼前那在餐桌旁的男人身上。

肯恩本來的面目驚人的俊美，她每次看到都會忍不住多看一眼。

不過她很快就發現這人不只長得好看而已，心思還相當縝密，更讓她不舒服的，是他明明帥成那樣，竟然還常常有辦法在多人在場時，讓人忽視他的存在，他很安靜，很懂得如何掩去自身的光芒，讓想說話的人說話，想發光的人發光。越是這樣，她就越不敢忽視他，她清楚像他這種人，其實更危險。

就像是現在，她知道在她走出房門的那一刻，他就已經從監視器裡看見她了，但他從頭到尾就沒回頭朝她看來，好似不知道她跑出來了一樣。

可她看過這裡的安全系統，紅眼的人和巴特家的保鏢都沒試圖對她遮掩過，他們甚至直接把那監視畫面投影在牆上，她知道屋子前後都裝有隱藏的監視系統，知道肯恩在第一時間，就能接到有人在中庭裡的通知。

他沒有回頭查看的事實，只讓她更加煩躁。

手裡瓶中的飛蛾不知何時已經不再拍動翅膀，再次的停在了瓶中角落，收斂着雙翅，不敢動彈，或許以為，只要不動，只要不引起注意，就不會發生更壞的事。

她拉回視線，在晚風中走出中庭，一路往海邊的沙灘走去。

即便紅眼的人都曉得她是從那個組織裡出來的人，但這裡沒人試圖防備她，天知道巴特大小姐甚至親自和烏娜一起為她解說介紹島上所有的安全措施，完全不怕她離開之後把這裡安全系統的佈置交出去給組織。

或許是因為這裡只是巴特家一個微不足道的產業，而這些人想取得她的信任。

走在沙灘上，她每走一步，腳掌都會陷入沙裡。

這座島，即便是夜晚，仍像是在天堂，點點星辰灑滿夜空，輕柔的海浪一次又一次滑過來又退回去，沙子溫暖的包裹著她的腳掌，月華灑落在海上，讓海面波光粼粼。

確定身後的防風林完全遮住了屋子的燈火，她才打開了手中的保特瓶。

一開始，那笨蛾還一動不動的。

但當她再次以手指輕彈瓶身時，它就嚇到展翅亂衝，撞了幾次瓶身後，終於從瓶中飛了出來，衝向開闊的黑夜。

她仰頭看著它飛快的逃離，振翅高飛。

飛得越來越高，越來越遠，如她所願，拍著雙翅，隨風而逝，沒一會兒就消失在黑夜裡，和其融為一體。

如她所願。

她鬆了口氣，一股難以言喻的釋然，驀然湧現。

看著眼前的滿天星辰，和那無邊無際的大海，她忍不住再往前幾步，直到海水浪花拍打到她赤裸的雙足，她站在這片沙灘上，站了很久很久，看著每一次那白色輕柔的浪花來了又走，每一回，都會帶走更多她腳下濕潤的沙，讓她更往下陷一些。

一次又一次，一點又一點。

侵蝕……掏空……

✣ ✣ ✣

夜已深。

達樂站在落地窗的吧檯裡，替自己鑿了一顆冰球。

牆上的投影，清楚映照出海邊的監視畫面，方才那女人突然走出房間時，他嚇了一跳，立刻不著痕跡的退了兩步，避到她視線的死角。

幸好他退了，因為他從畫面上看到她朝這裡看了一眼，在看到肯恩之後，她遲疑了一下，就繼續往海邊走了。

他鬆了口氣，把鑿好的冰球放到玻璃杯裡，拔開瓶塞，倒了貴腐酒進去。巴特大爺的酒都是上好的佳釀，有機會喝時直需喝啊，還客氣什麼。

瓶蓋一開，那濃醇的葡萄香就湧入鼻腔，可他看著那琥珀般的液體，腦海裡卻只浮現那個女人中槍時的表情。

在那個當下，她真的很驚訝，明明他給了她一袋血袋，但在那一瞬，她顯然以為他真的對她開了槍，讓他心中有些疙瘩的不是她認為他真的想置她於死地，而是那一剎，她的反應。

那女人不怒不惱，在驚訝之後，她非常平靜。

事實上，她像是鬆了口氣。

好像事情終於結束的那種鬆了口氣。

直到她慢半拍的想起那噴出來的血是血袋裡的血，這一切都是戲，而她應該要倒下去，那時她臉上真的浮現一種複雜難明的情緒，痛苦、絕望、羞愧？他不知道，他還來不及看清，她就已倒地閉上了那充滿情緒的黑眸。

可在那之前，他也看過一次，在她救了大小姐和他，摔下樓的那一瞬，她那雙眼也充滿了各種情緒——

可惡，這女人矛盾的要命。

難以控制的，他抬眼朝螢幕看去，看到她已經走到了海邊，定定的站在那裡。

老實說，昨天上島時，他本來以為她早就被送走了。

即便後來發現她人還在這，他也不想和她有太多接觸，無論武哥是不是真的如外傳所說有紅娘體質，他都寧可信其有，不可信其無。

一入紅眼深似海，他可是好不容易才上岸的，只要還了這人情，他從此無債一身輕，所以雖然知道她在島上，他還是刻意離得遠遠的。

這女人太危險了。

在郵輪上的時候，他就發現這件事。

她那輕柔的聲音太好聽，平靜的自制太誘人，而她試圖救人的行為太愚蠢，為了逃出生天，她都忍了那麼久了，卻為了救他和大小姐差點就此功虧一簣——

那天早上，當她發現霍香和阿萬帶著其他獵物逃走時的表情，當她那張平靜的臉，被希望點燃的瞬間，當她露出那脆弱的神情，當他忍不住脫口對她許下承諾——

那一剎，他就感覺大事不妙。

所以他能閃就閃，能避就避，他不想和她牽扯太多。

他承諾會救她出來，她也被救出來了，不是嗎？

這樣就好，他承諾了，也做到了，接下來這女人就不是他的事了。

偏偏他就是忍不住去注意她，幾乎一上島就忍不住看她在哪裡、在幹嘛。

結果她一直待在她房裡，除了偶而會到主屋回答娜娜或肯恩、阿浪的問題，她大部分時間都獨自一人在她房裡，她只吃自己煮的食物，做什麼事都小心翼翼的。

她不相信旁人，也不相信自己已經安全了。

他閃避著這個女人，那不難，這座島說大不大，說小也不小，他完美的錯開所有會和她遇到的時機，他應該繼續維持下去。

可這一夜，當他看見她獨自一人走向海邊時，不禁覺得那身影看來如此孤寂、那麼單薄——

「她手裡拿著什麼？」他問肯恩。

肯恩也注意到了，伸手放大了畫面。

達樂忍不住上前，然後發現她手中是個空保特瓶。

不，不是空的，裡面有個東西，她的身體擋住了，肯恩切換鏡頭，換到另一個更好的角度，兩人同時看到，她打開了保特瓶，有東西飛了出來，是隻飛蛾。

她仰望著那隻飛蛾，一直看著它飛上寬廣的夜空。

剎那間，好似有隻大手，猛地抓住了他的心。

她一直站在那裡，在夜風中，緊握著那被切成兩半的空瓶。

他看不清她的表情，可她站在那裡的樣子，好像全世界只剩下自己一個人，好像只能依靠自己對抗全世界。

他看著海水往復來回，一次又一次的淹沒她的雙足。

然後，她鬆開了手，那被切成兩半的空瓶，落在了地上，但她似乎沒注意到，只是看著夜空與大海，緩緩又往前走了幾步，再幾步，有那麼一瞬間，好似海上有什麼正在吸引呼喚著她。

不知為何，看著她的背影，他有一種錯覺，感覺她想要直接就這樣一直往前走，直到海水將她完全吞噬淹沒。

風在吹著，浪一陣又一陣。

只是錯覺。

他告訴自己，這女人忍受了一切，撐了那麼多年，終於逃出生天，怎麼可能在這時才想不開？

但那種她想直接走入海中的感覺，不斷加深。

前兩次她將死之際，眼中那放棄的神情，在腦海裡揮之不去。

不知何時，她又低下了頭，看著自己陷入潮浪中的雙足。

他真的不該再自找麻煩了。

可等他回神，他已將那杯貴如黃金，但他卻一口都還沒喝的液體，擱到了肯恩的桌上，朝外走了出去。

這突然其來的動靜，沒讓肯恩太過意外，他只是噙著笑拿起那杯酒，輕啜了一口，看著螢幕裡，男人在黑夜海風中，走向那孤寂的身影。

然後他伸手切換螢幕，電腦仍在自動追蹤辨識方才那隻飛蛾，雖然他覺得那是隻蛾，不過還是讓AI從它的振翅頻率、大小，和對抗風力的能力，確定它真的是大自然的造物，而不是類似高毅搞出的那些小玩意。

當肯恩確定它並非人造物時，他小小鬆了口氣。

這陣子，他們都已經發現，對方擁有的科技，完全不輸他們這邊，甚至有可能超過，雖然武哥拉到了巴特先生當靠山，讓巴特夫人莫蓮博士全力支援幫忙，但他依然擔心他們落後太多。

他再次切換螢幕，確定達樂和倪文君仍在海邊，才拉回心神，把注意力再次放在阿震哥傳來的資料，他們必須盡快破解阿棠在神廟中找到的東西。

如果那真是上古科技，他不認為只有這一個。

阿震和他有同樣的共識，遊戲方找了這些神廟那麼多年，手上可能早就收集到了其它的球體，甚至可能已經破解了一些，才會擁有那麼先進的技術，才會甘願耗費巨資的去查找。

現在，他們也有一個了。

阿光依舊生死不明，如今阿棠也失去蹤影，但那小子想盡辦法，透過霍香和阿克夏把東西送回來了，這是阿棠為他們爭取到的機會。

只要能解開這謎題，就算不能超越，至少能拉近雙方的差距。

他戴上藍牙耳機，打開視訊，加入由莫蓮、高毅、阿震、夏雨、阿南……等人組成的群組，加入早已開始許久，看似平靜實則激烈的討論。

✣ ✣ ✣

「很可怕吧。」

聽到這突如其來的話語，讓站在海邊的女人嚇了一跳，猛地回身轉頭，就看見達樂站在哪裡。

沒料到會看見這男人，她一怔。

達樂不知她是否高興見到他，除了那雙杏眸微微睜大了些，她臉上依然沒有什麼表情，一如之前在船上那般。

可他只是走到她身邊，噙著笑，低頭瞧著同樣赤裸的雙腳。

白色的浪花輕拂過他的大腳，離開時也帶走了些許沙。

「雖然看似站在安全可以立足之地，但每一次，每一回，這些海浪，都會帶走一點我腳下的沙，不管我站得多穩，無論我如何試圖用力抓緊，依然留不住它們。」

他將雙手插在褲腳捲起來的長褲口袋裡，垂眼瞧著在海水中的雙腳，把腳趾抓緊沙地再鬆開，看著它們被海水帶走，然後扯著嘴角，緩緩用那低沉慵懶又沙啞的聲音說。

「很可怕，對嗎？」他抬起了眼，轉頭看著她，說：「感覺這世上沒有任何地方能踏得實，會是安全的，而人們口中訴說的和平，只是傳說，一種虛幻的假象。」

這就是她現在的感覺。

她震懾的瞪著身邊的男人，只覺心緊喉縮。

「害怕是正常的。」達樂看著她道：「小時候，我不相信這世上有真正安全的地方，我只相信我自己。」

有那麼一瞬間，她看見他的眼眸因為回憶變得有些冷硬，但那冷硬的眼神在他扯著嘴角說下一句話時，很快的緩和下來。

「然後，我認識了紅眼那小氣又奸詐的賊頭。」說著，他哼了一聲。

和那貶抑的語意不同，他提及那人時，嘴角是帶笑的，眼裡透著沒好氣的無奈。

「他教會我一件事，妳想知道嗎？」

她一怔，只見他看著她，噙著笑，朝她伸出了手。

有那麼好一會兒，她沒有動，但眼前的男人就只是伸著手，定定的用那雙黑眸看著她。

月華映照在他臉上，海風吹拂著他的髮。

她能聽見海浪聲往復來回，感覺到腳下的沙，一再被侵蝕帶走，感覺到自己越陷越深，幾乎就要失去平衡。

我只相信我自己。

他這麼說，而她也是。

這個男人清楚她的恐懼與害怕，那讓她幾乎更加驚慌害怕，甚至想要轉身逃走，可是他就這樣看著她，黑眸裡有著理解，和讓她心跳的溫柔。

待回神，她已握住了他的手。

他微揚的唇角，往旁延伸，擴大了他的笑容。

男人牽握住她的手，往後退了兩步。

她不得不跟著他往後退了兩步，他笑著低頭看著兩人踩在沙灘上的裸足，道：「看，這不就踏實了嗎？」

她看著他與她的腳，忍不住說：「你知道浪還會再來吧？」

「是沒錯。」他說著，往前踏了一步，轉到她身前，面對著她，微笑說：「那這樣就再往旁走一步啊。」

說著，他一手仍握著她的手，另一手卻輕輕擱在她腰上，神色輕鬆的告訴她，「人生嘛，哪有天天放假過年的？水來了，那就退一步，地不穩了，那就走開啊。像這樣，往前一步，往後一步。」

他笑著邊說邊帶著她往這邊踏一步，往那邊踩兩腳。

「看，浪來了，快退快退，來不及？那就踩碎它！看我的無影腳，我踩我踩我踩踩踩踩，哈哈哈哈……」

她有些傻眼，因為想不出反駁的話，不覺跟著他移動，等她回神，才發現自己因為他踩浪搞笑的話語和動作，不由自主跟著笑了出來。

聽到自己的笑聲，她一怔，可還來不及想，下一秒，身前的男人就攬著她，輕輕哼唱起了那首英文老歌的旋律。

那旋律很輕鬆很悠閒，他沒唱歌詞，就慢慢哼著，一邊帶著她在月下踩著那些浪花。

「達～達啦達啦達～～達啦達啦～啦啦～」

他哼唱的聲音輕輕的，在耳畔響著。

「達～達啦達啦達～～達啦達啦～啦啦～～」

這真的有點荒謬，但她卻無法抽回自己的手，不是他握得太緊，他甚至都沒有用力，就是只輕輕攏著她的手指，她想後退隨時就能後退，她也不認為他會阻止她，但她就是……沒辦法阻止……也不想阻止……

明明他握著她的手，摟著她的動作十分輕柔，她一顆心，卻跳得越來越快。

聽著他低啞的哼唱，看著他深邃的黑眸，她幾乎喘不過氣來，清楚意識到——

這男人正帶著她在月下跳舞。

旋律的節奏不快，他移動得也越來越慢，卻靠得她越來越近了，近到她能感覺到他的呼吸，甚至看見在他眼中的自己。

他的心，跳的和她一樣快。

意識到這點，她才發現自己的手不知何時擱到了他的胸膛上。

他穿著一件棉質的白襯衫，聞起來有曬過太陽的味道。

她應該後退一點，或把手挪移開來。

可她只能看著自己擱在他胸膛上的手，感覺到他與她的心跳如擂鼓一般。只能感覺到他的體溫透過襯衫傳來，甚至從他的脖頸、從他寬闊的肩、強壯結實的身體輻射而來。他輕輕擱在她腰上的指尖，輕攏著她手的大手，好似燃燒的火燄那樣熱燙。

不自禁的，她顫顫再吸一口氣，嚐到他身上那好似混和著陽光與自由的味道。

他還在哼唱，那緩慢優美的旋律，就在耳畔。

海水走了又來，來了又走，不知何時，他早已停下了腳步，只帶著她輕輕在月下搖擺，而她意識到，自己幾乎貼靠依偎在他身上，隨著他緩緩擺動。

因為停在原地，她腳下的沙又再次被海水帶走了，可奇異的，她卻不再感到那種無以名狀的恐慌。

她知道是因為他，她全身上下都意識到他的存在。

海風如此和煦，海水那般清涼。

淚水莫名上湧，盈在眼框，只因她清楚感覺到，他的唇幾乎就要熨貼在她額角，可他沒有更進一步的索取，他只是就這樣擁著她，讓她依偎著他，不知何時，她掌心下的心跳已不再跳得飛快，只是沉穩的跳動著，好似無言的保證。

別怕。

這一生，她從來沒有被人如此溫柔的安慰過。

有那麼半晌，她差點把腦袋擱上了他的肩頭，幾乎希望時間就這樣停在這一刻。

可他停了下來，深深、深深的吸了口氣，心跳又加快了些，語音沙啞的開口。

「我想……我們應該說晚安了……」

悄悄的，他在她耳邊緩緩開口。

「趁我做出其它蠢事之前……妳最好轉身回妳房間去……」

她可以感覺到他的心跳，他可以聽到自己的心跳。

有那麼一剎，她沒有動，而他屏住了呼吸，聽到她顫顫深吸了口氣。

這一刻，世界像被按下了暫停鍵。

然後，她往後退了一步，他則強迫自己鬆開了她的手。

她垂著眼，沒有抬頭，唇瓣在月光下輕顫著，白色的衣襟微微敞開在夜風中，露出她粉嫩白皙的肌膚，看起來萬分秀色可餐。

在他的注視下，她闔上了微啟的唇，抿著。

這一秒，他知道她找回了理智。

他站在原地，強迫自己把手插回長褲口袋裡，看著她轉過身，一步一步踩過沙灘，頭也不回的往屋子走去。

他扯了下嘴角，無聲輕笑。

這女人真是有他媽的該死的意志力耶。

幸好她有，因為他僅剩的意志力，就是用自己的雙腳，抓住這什麼都抓不住的沙灘了。

達樂低頭垂眼，看著自己緊緊屈起緊抓沙地的腳趾頭，自嘲再笑。

他知道那是什麼感覺，他知道她在想什麼。

或許不瞭解詳情，但他相當會看人，他從小就是靠這點生存下來的。

這女人一直以來如履薄冰，她不相信別人是正常的，即便已經來到這裡，她依然緊繃得像是一條拉緊的琴弦。

而他，看得出來，感覺得到，那一絲藏在她眼底，藏在她平靜面目之下的念頭。

他應該要離遠一點，可待回神，他已經走了過來，他忍不住。

雖然她面無表情，他依舊能看見那天清晨，她臉上平靜的面具破碎時，既脆弱又堅強的模樣，還有始終潛藏在其中，深深、深深的苦與痛。

更糟糕的是，當她看見他時，雙眸明顯亮了起來，好似她很高興見到他似的。

接下來，他的理智就被推到天邊去了。

但該死的，當他看到她笑出來，看到絕望死寂從她眼中退去，當她讓他擁她在懷中，當她隨著他在海邊月下起舞，那感覺真是該死的好。

深深的，他吸了口氣，抬手耙過被夜風吹亂的髮，然後笑著再吐了出來。

達樂抬起頭，有那麼一瞬間，幾乎以為自己會看到她停在不遠處，等他。

可惜眼前空盪盪一片，她的身影早已不見。

那女人是個聰明人。

太聰明了。

扯著嘴角，他再苦笑。

聰明又矛盾……

站在海邊，他又思索了好一會兒，才走向又被海水推上岸的保特瓶，他彎腰撿起那被切割成兩半的瓶子，將上半部翻轉套在一起，拎著它舉步走回大屋，扔到廚房裡的回收桶。

肯恩還在那裡和紅眼的科學怪咖們討論鬼才聽得懂的話題，他坐了下來，和那傢伙再次調了一些資料查看。

看著螢幕上女人的照片與資料，他搓揉著自己的臉，忍不住挑起了眉，自嘲又笑。

嘖，可惡，他就知道，好奇心害死貓啊。

✣ ✣ ✣

上午十點，陽光灑落一室，照亮了巨大的原木餐桌，和被擺放在其上的各種電腦與設備。闕浪坐在昨夜肯恩坐的位子，和身在遠方的老闆視訊。

「阿棠那小子有消息了嗎？」

「還沒，不過他從遺跡裡找到的那東西確實很古怪，高毅和阿震他們幾個正在研究。」

「阿萬呢？我聽說他傷得不輕。」

「阿南說那傢伙像小強一樣，已經開始恢復了。」

這話讓剛走進餐廳打算吃早餐的男人笑了出來。

螢幕裡和阿浪視訊的韓武麒透過鏡頭看見他，露出白牙，笑著開口。

「喲，達樂，早啊。」

聞言，達樂刻意露出皮笑肉不笑的表情，透過鏡頭對著那在遠方的傢伙說。

「喲，老頭，早啊。」

韓武麒一聽，瞬間摀住自己的胸口，裝出中箭的模樣，笑著咒罵：「啊靠，你這小子真他媽狗嘴吐不出象牙來，我也才大你幾歲好嗎？」

「哈！最好是啦！」他哼了一聲，不再理他，只走到中島，打開冰箱，拿出一條鮮魚開始料理。

阿浪在武哥試圖要繼續抗議時，笑著開口道：「好了，你們要打嘴炮可以晚點再繼續，我現在需要知道嚴風、力剛和傑克那組的狀況。」

「一切都在計劃中。」韓武麒眼也不眨的說：「那艘豪華郵輪回到倪小姐說的港口了，維修廠商也沒換。」

他回答的太快了，反而讓阿浪挑起了眉。

韓見了，只笑著嘆了口氣，說：「放心，我認真的，意外難免，但有嚴風和傑克在，力剛再怎麼亂來，他們也能搞定的。」

「但你在擔心什麼。」跟在武哥身邊太久，阿浪很快就看出問題，挑眉問：「怕找不到其它遊戲的伺服器主機？」

他輕笑，左手撐著腦袋，右手的手指在桌上快速輪流敲打，擰著眉思考：「嗯，倪小姐提供的那幾間公司和地點，有些人去樓空，有些早已搬遷，剩下的幾個，都是邊緣不重要的子公司，我們循線追查下去，總在某個時候就有斷點，這組織的人很有一套。」

「跟著錢走也沒用？」

「沒。」他沒多說，只苦笑兩聲。

阿浪瞧他那模樣，領悟過來：「那些人被威脅了？」

「嗯，屠勤和小花和其中幾個談過，沒人肯開口，屠勤說那些人很害怕，他看到不太妙的景象，再一問，所有人都宣稱孩子去渡假了。」

阿浪聞言，臉一沉，低聲罵了句髒話。

渡假是個謊言，被綁架恐怕才是真的，若只是錢的問題恐怕還好解決，但涉及到親人的性命，恐怕沒幾個人願意冒險。

「就算有人願意說，那些人也只是不知內情的人頭，只是棋子，上頭叫他們做什麼，他們就做什麼，完全不曉得為什麼要做。」韓往後靠在椅背上，看著天花板，思考道：「肯恩和嚴風之前找到七區的伺服器主機，本來我是希望能夠就這樣一路尋線抓出所有玩家，若能找到幕後的主使者更好，可惜被對方發現，讓他們破壞了主機。」

「阿震不是拿到了大部分玩家的資料？不能從玩家那裡下手嗎？他們不可能封鎖全部的玩家吧？」

「是可以，阿震已經在試了。」他停下敲打桌面的手指，噙著笑道：「但當然如果能有更多的線索會更好，畢竟從玩家方下手還是太被動了。」

阿浪挑眉指出：「現在對方把金鑰都改了，就算我們的人能再次成功混進去，這回要拿到金鑰的難度恐怕會更高。」

「嗯，所以我本來想說這遊戲需要傳送的數據非常龐大，我看那畫面的流暢度，網速一定很快，如此大又要這麼即時的數據，不太可能用衛星傳送，一定是用光纖，如果他們用的是光纖傳輸，說不定還能從這條線索倒追回去，來個循線追人之類的，哈哈哈哈。」他說著說著都覺得可笑，忍不住笑了出來，最好這招真的可行啦。

「所以這方向也行不通？」阿浪挑眉問。

「那艘郵輪在大海上啊，前不著村後不著店的，是要怎麼接線？哈哈。」韓武麒乾笑著：「雖然肯恩也認為是透過光纖，他說船上有衛星接收器，但確實也有對外的光纖訊號，只是他當時在船上分身乏術，沒空把那豪華郵輪翻個底朝天，娜娜也說了，從頭到尾就沒看到郵輪屁股後面接著一條光纖。」

站在一旁的達樂笑了出來，忍不住插話：「欸，等一下，那樣也太好笑了吧？我以為光纖又粗又重，平常都埋在海底，是可以這樣直接接在船屁股嗎？這樣是不是就是傳說中的尾大不掉？」

「這句成語不是這樣用的，你說這什麼亂七八糟的，你是不是平常太常和阿南打屁聊天了？不是早和你說過他中文不好？」韓武麒被他的話逗樂，邊笑邊說：「事實上，那東西叫做海底電纜，一條海底電纜通常有上百條光纖組成，不過為了避免損壞，有些確實會埋在海底幾公尺深之下，電纜也的確蠻重的，要是有人真的能把電纜接在船屁股後在海上亂跑，我還蠻想看看的，哈哈哈哈——」

達樂把平底鍋裡的魚翻面，邊灑上香料邊笑著吐嘈：「拜託，不管是光纖或電纜，接屁股這事，明明就是你提出來的好嗎？最好有哪個天兵會想出你屁股接線這招，這遊戲組織要是那麼白癡，我都要為他們掬一把同情淚了。」

這兩個傢伙的對話讓阿浪笑個不停，但仍開口再問：「衛星不可能，光纖也不可能的話，低軌衛星呢？」

「低軌衛星的傳輸量和速度、穩定度還是無法與光纖相比，阿震說那些畫面幾乎沒有延遲。」韓武麒笑著嘆了口氣，「我不認為是低軌衛星。」

「確實不是。」

這一句，不是他們三個人說的。

達樂和阿浪一愣，回頭就看見倪文君站在門口，她看著螢幕裡的韓武麒說。

「你說得沒錯，要這麼大量、如此即時又穩定無延遲的數據傳輸，只有光纖能做到。」她淡淡道：「郵輪沒有拖著一條線，真要這樣也拖不動，但你們想過為何郵輪要停下來嗎？你們只看了海面上，沒看海面之下對嗎？」

韓武麒看著她，忽然醒覺，傻眼道。

「等等，我剛只是在開玩笑的，妳是說那不是隨意剛好停在那的？真的是接線？從海面下嗎？不會吧？難道他們事先就埋了海底電纜？這麼大手筆？」

「我不確定他們是怎麼做的，我們都有各自能進出的區域，上層甲板的人不能隨便到下層機房去，下層機房的人也不能到上層甲板，但郵輪每次都會停在幾個固定的經緯度。」

她將雙手交抱在胸前，看著眼前這些男人，道。

「當年我一開始做的是行政，那間公司是進出口貿易商。公司經手大量製作海底電纜的材料，我一開始不以為意，後來我發現情況不對，很快就意識到那些材料的重量、材積，早已超出原本訂單的一倍以上，我想早在當年，他們就已經開始在世界各地埋設海底電纜。」

她輕聲說明著。

「我後來查過，海底電纜在近海水深兩百公尺內的才是用埋設的方式，超過兩百公尺深的地方，就是用敷設去設置，雖然所費也不少，但這是數據與流量的時代，誰能掌握最快的資訊，誰就能掌握世界。特別是對這些人來說，若有足夠的資金，設置不受管控的海底電纜，擁有自己的數據通路，是很划算的投資，不是嗎？」

聞言，韓武麒大笑出聲，點頭。

「沒錯，我要是有錢，還真想這麼搞。」

「但你沒錢。」達樂好笑的把煎好的魚盛到盤子上，忍不住再吐嘈。

「現在有了。」韓武麒露出白牙，笑著說：「雖然來不及埋電纜，不過呢，拿來幹點別的事倒也很方便。倪小姐，謝謝妳的提醒。我會讓人調查埋設通過那地點的海底電纜公司。」

聽到這，她再忍不住，看著那螢幕裡的男人輕問：「不好意思，我知道你們很忙，但關於我的新身份？」

這一句，讓達樂忍不住拉起了耳朵，但他不讓自己抬眼，他清楚武哥在看。所以他只是把煎好的鮭魚剝除魚骨，弄碎魚肉拌上酪梨做成鮭魚三明治。

「抱歉，倪小姐，讓妳久等了，不過要建立一個全新且毫無破綻的身份需要一點時間，不是我叫人駭進戶政機關把電腦資料改一改就行的，除了證件之外，還得去建立妳新身份過去多年的背景，讓人就算去追問查找也不會漏出破綻，那是很細緻的作業——」

武哥的話，合情合理，但又太過囉嗦了。

達樂忍住想翻白眼的衝動，他真的懷疑那女人會信這鬼話，可這傢伙明知如此還是臉不紅氣不喘的說。

「我當然也很想快點讓妳拿到新身份，但除非妳想住沒幾個月就搬家，不然恐怕只能請妳再等等了。」

她輕柔的聲音淡淡的再次響起。

「沒關係，我可以等。」

這句話，讓達樂忍不住看了她一眼。

她臉上還是沒有什麼表情，看不出失望焦慮，但她將手插到了褲口袋裡，人的手會不自覺的表現出很多事，顯然這女人也曉得，不過這麼一藏，倒有點欲蓋彌彰了。

然後，像是意識到他的視線，她朝他看了一眼。

喔喔，或單純只是想看他？

他不知道，可一時間，心跳快了點，他挑起眉，朝她揚起嘴角。

她一怔，飛快把視線移開，這反應讓他更開心了，拿起三明治咬了一口，邊咀嚼邊聽武哥繼續瞎扯。

「如果妳很急的話，我確實可以透過關係，請CIA的人幫忙，不過我想妳不會希望更多人知道這件事，還是妳可以接受？但我真的建議，如果妳想要一個全新的人生，越少人知道這件事越好。」

她點點頭，「嗯，我曉得，我不希望更多人知道。」

「還有一件事，我得問清楚。妳想和妳的家人親友連絡嗎？」

「不用。」她眼也不眨的說：「我沒有家人，至於親友，就讓他們以為我已經死了就好。」

韓武麒點頭，「OK，但我還是得讓妳知道，在整件事結束之前，妳若試圖連絡親友，都可能造成妳和妳親友的危險，妳明白嗎？」

「我知道。」她淡漠的說：「我這幾年也幾乎沒再和他們連絡了，我想我的死訊，不會引起太大的漣漪，我也沒有打算再和任何一人連絡。」

這幾句，讓達樂眉再挑。

「好，我們會盡快的處理妳的事，這段時間，妳若有任何需要，儘管和我們說。」韓武麒對著她微笑，跟著特別往前傾身透過螢幕直視著她，道：「還有就是，我知道妳可能會覺得欠達樂一個人情，覺得他現在看來特別英勇、強壯、聰明、好棒棒，不過請讓我特別聲明一下，我是有付他薪水的，送妳出來是他的工作，等妳離開這座島之後，就會發現這世界好男人很多的——」

這一串話，讓文君傻眼，達樂眉一揚，齜牙咧嘴的抗議。

「哇靠！有沒有搞錯？你什麼意思？」

「我認真的。」韓武麒笑瞇瞇的看向他，警告：「我現在真的沒空處理員工和客戶之間糾纏不清的感情問題，你若只是想玩玩，不要隨便在海邊月下去勾引人家。」

達樂眼一瞇，吃完最後一口三明治，剛要回嘴，眼角卻瞄到那女人臉上除了錯愕，竟還浮現一抹淡淡的紅暈，以為自己看錯，他不由得整個轉過頭去，和她對上了眼。

這一看，讓那雙黑眸閃過一抹窘和慌，害他一下子忘了自己要說什麼，就嘴半張的傻看著她，見狀她更窘，忙匆匆垂下了眼，語調平靜的開口填補那片空白道。

「放心，我不是什麼沒見過世面的小女生，也沒興趣和人玩戀愛遊戲。」

說是這麼說，他卻清楚看見她的耳朵無法控制的跟著泛紅。

「喔，那就太好了。」韓武麒一副鬆了口氣的樣子，笑嘻嘻的交代：「倪小姐妳真是聰明人，不過為了以防萬一，如果達樂騷擾妳，只要找阿浪，他就會幫妳搞定那傢伙。阿浪你可以吧？」

「當然。」在一旁看戲的阿浪，笑得雙肩直聳，邊笑邊點頭，「沒問題。」

把一切看在眼裡的韓武麒，見狀這才滿意的笑著說。

「OK，那就先這樣，有事再聯絡。」

語畢，他就切掉了視訊。

阿浪還在笑，邊笑邊轉頭看著那尷尬的小姐說：「抱歉，不是針對妳，只是最近外面有些關於武哥有紅娘體質的謠言，讓他找人不是很順利，有些人聽到那傳聞後，對他退避三舍，連他的電話也不接了。」

「哈！那幾個傢伙不接他的電話才不是因為那傳聞好嗎？」

聽到這句女聲，她抬頭，就看見留著一頭清爽短髮的烏娜，那女人穿著短褲T恤，腳踏登山靴，戴著墨鏡，帥氣的提著一串椰子走了進來。

那串椰子至少有六七顆，隨便也有十公斤上下，那女人卻一副提雞蛋的樣子，讓她愣了一愣。

烏娜把椰子串扔給了達樂，達樂雖然輕鬆接住了，還是故意露出誇張的表情，假裝萬分吃力的樣子，讓烏娜瞪了他一眼，他這才嘻皮笑臉的把椰子放到料理中島上。

「那是為了什麼？」阿浪笑問烏娜。

「因為那傢伙很煩啊！」達樂忙著插嘴回答，不爽抽了一把菜刀，將椰子一一砍下來，哼聲道：「他那麼愛操縱人，又愛設陷阱給人跳，媽的一個不小心就會落入他設下的圈套，為他做牛做馬，賣血賣肝。」

「有沒有那麼誇張？」阿浪哈哈直笑。

「沒有嗎？你看看我們幾個現在人在哪裡？」達樂手起刀落的將椰子開了個洞，熟練的將椰子汁倒入杯子裡，好氣又好笑的說：「肯恩才剛結婚，娜娜不是也才交了男友，你還有老婆孩子，結果我們幾個在這邊上山下海——等等，等一下！說到這個，娜娜是因為妳吧？和客戶亂來的是妳對不對？」

「什麼亂來？我們是兩情相悅，OK？」娜娜不爽的抗議。

「屁啦，快點承認，妳是不是把人家撲倒了——」

他話沒說完，娜娜已抬腳踹來，他抓著那杯椰子汁邊說邊閃，一邊哈哈大笑。

「王八蛋，你有種別閃！給我站住！」

「啊靠，妳這怪力女，當我傻嗎？給妳踹一腳，我還要不要活啊？」

娜娜追著他一陣追趕跑跳碰，那男人竟然還有空把手中的椰子汁塞到文君手中，混亂中她反射性的抓著那杯椰子汁，就見他眨眼就跑到落地門外去了，娜娜抓起兩顆椰子緊跟在後，直接朝他丟去，他閃躲避球似的東閃西躲，兩人在院子裡對打了起來，一時椰子滿天飛，那笑鬧打鬥，讓站在桌邊的她看得一時間有些恍惚。

「不好意思，讓妳見笑了。」坐在餐桌邊的阿浪噙著笑，告訴她：「這兩個從小鬥到大，每次一見面就鬥嘴，感覺就沒長大過。不過妳放心，別看他們這樣，娜娜是專業保鏢，曾經擔任巴特夫人的貼身保鏢好幾年。至於達樂，他的本事妳也見過了，肯恩的易容都是和他學的，不過妳放心，這兩個不來電。」

最後這句，讓她一愣，猛地轉頭朝那坐在餐桌旁的男人看去，這一看，才發現剛剛她從頭到尾都盯著在外頭和娜娜打鬧的達樂。

一時間，臉耳又熱了起來。

她有些尷尬，就見闞浪嘴角微揚，開口。

「不過他的行為，若真的讓妳覺得不舒服，妳隨時可以來找我。」

這一秒，知道這男人是指昨天晚上在海邊發生的事。

沒多想，話已脫口。

「他沒那個意思——」

阿浪挑眉，意有所指的笑著說：「他是個男人。」

「我不是那個意思——」她改口，聽起來卻更怪，讓臉上熱氣更盛，一時間更慌亂，只能深吸口氣，鎮定下來，才再道：「我是說，他只是……他是個……」

她緊握著手中的椰子汁，看著眼前的男人，啞聲道。

「他是個好人。」

這字眼，從她嘴裡吐出來的同時，不知為何讓嘴有些苦，但仍繼續道。

「不過相信我，目前我沒那個心情，也不想和人有太多感情牽扯。」

她說的是實話，他看得出來。

阿浪點點頭，微微一笑。

「我相信。」

這人說得斬釘截鐵，可不知為何，她卻覺得他的表情不是那回事。

就在這時，莉莉走了進來，看見門外那兩隻猴，她眉微挑。

「現在又怎麼了？」

「沒什麼，達樂說娜娜撲倒了高毅，才讓武哥不准他追倪小姐。」

莉莉眉挑得更高，朝她看來。

「他沒有在追我。」她尷尬的說：「這是誤會。」

驀地，一顆椰子從敞開的門外飛了進來，差點就打到了她，達樂在千鈞一髮之際，衝了過來，將她撲倒在地，椰子飛越上空，直擊莉莉，然後在下一秒那飛彈一般的椰子就被一隻從旁冒出來的大手猛地抓住。

莉莉雙眼眨也沒眨一下，像是早知道椰子會被擋下似的，她看著飛撲匍匐到她腳下的那一對男女，微微一笑。

「嗯？這時候，我是不是該說，平身？」

說完，她還抬眼去問阿浪。

「是這樣說的嗎？」

阿浪聞言，只爆出一串大笑。

「Shit！妳還好吧？」達樂捧著她的後腦，一邊慌忙撐起自己，低頭問那被他撲倒在地的女人。

娜娜也在這時跑了過來，滿臉抱歉的說：「Sorry，妳有撞到頭嗎？妳頭會暈嗎？抱歉我真的不是故意的——這真的是意外——」

被撲壓出胸腹中所有空氣的她，傻眼躺在地上，看著眼前這男人和那怪力女，身家億萬的大小姐，單手抓著椰子的保鏢，還有那個在一旁笑得前俯後仰的傢伙，這一秒，她只覺得這一切荒謬到了極點，但就因為實在太過荒謬，當她坐起來，開口想回答時，卻只聽到自己笑了出來。

「沒，我沒事……哈哈哈哈……對不起……哈哈哈哈……」

她笑得停不下來，然後笑著笑著，淚水就無預警的飆了出來。

✣ ✣ ✣

淚一奪眶，就再也止不下來。

所有積壓在心中的情緒，就這樣傾洩而出，放肆潰堤。

這突如其來的崩潰，嚇到了她自己，八成也嚇到了其他人，但她控制不了自己，不是她沒試過，她試著站起來，甚至一邊道歉，但她的身體完全不聽使喚。

「對不起……我不是……」她抖顫著唇，抬手想要擦去眼淚，但淚水蜂擁而上，充滿眼前，讓世界模糊一片。

「抱歉……」她淚流滿面的喘著氣，慌亂抬手遮臉想要轉身回房，卻找不到方向，而她的四肢依然不肯配合，一時間更加羞恥驚慌。

剎那間她只想找個地方躲起來，可她沒辦法，即便她死命咬緊牙關，緊閉雙唇，她的淚卻完全不受控的一再泉湧滑落，那無以名狀的情緒攫抓住了她，讓她為了抵抗它渾身抖顫。

達樂見她這模樣，反射性的伸手將她攬在了懷裡。

娜娜和莉莉都湊了過來，試圖要接手安撫她。

他應該要讓她們接手，她崩潰了，她們是女人，比他更適合提供安慰與支持，可他沒有鬆手，他不想，幾乎第一時間就抬起右手，阻止她們靠近。

她不想讓人看到她崩潰，才會一再強忍。

所以他只是比了個手勢，示意她們走開。

幸好這兩個女人都沒堅持，很識相的往後退開，他本來還擔心阿浪哥會有意見，可那男人只是對著他挑了一下眉就走了。

他鬆了口氣，專心安慰懷中僵直抖顫不停，極力壓抑、試圖控制自己的女人，輕輕拍撫著她的背。

她試著掙扎，想要離開，但他沒有放手，只是溫柔的擁抱著她，讓她把臉埋在他胸膛，幫她把自己藏起來。緊握著拳，忽然間，她意識到這男人就像是一道牆，為她隔絕阻擋了整個世界。

可即便如此，她依然不敢鬆懈，直到他低啞的聲在耳邊響起，悄聲宣告。

「別忍了，人都走了。」

她顫顫喘了口氣，再喘一口，然後終於理解那幾個字的意思，當克制的腦袋領悟過來的那一瞬，所有沸騰的情緒就此脫離她的掌握，她只能縮在他懷中，緊揪著他的襯衫，讓淚水狂亂的奔流而下，讓壓抑多年的嗚咽湧出喉嚨，奪唇而出。

從頭到尾，他再沒開口說過一句話。

但他強壯堅定的雙臂，那安全溫暖的懷抱，那輕柔的拍撫與安慰，在在都讓她哭到不能自已，滾燙的淚水就這樣一串串滑落。

等她終於有辦法再次控制自己時，才發現這男人坐在地上，兩條長腿就這樣屈在她身側，讓她安穩的蜷縮在他懷中。

不知何時，不知哪個人，拿來了一盒面紙，一壺漂浮著檸檬片的冰紅茶和玻璃杯，就擱在一旁的地板上，在紅茶旁，還有一個漂亮的小盤子，擺著切好的小蛋糕和餅乾。

她應該要覺得尷尬，但她的腦袋不知道是不是麻痺了，此時此刻她只覺得累。

好累。

他給了她那包面紙，讓她擦淚擤鼻涕，她安靜的接過手，擦去眼淚，用力的把塞住鼻子的鼻涕都擤了出來，然後就見他把一個同樣不知誰方才就拿過來的竹編字紙簍挪到她眼前，示意她把面紙扔進去。

她把弄髒的面紙扔進去，他就再抽一張面紙給她。

兩人安靜做著重複的動作，直到她把鼻涕都擤出來，眼淚也全都擦乾。

然後他替她倒了一杯檸檬茶，同樣遞給她。

她紅著眼，一小口、一小口的慢慢喝著。

他再拿了塊小蛋糕餵她，這回她沒接，只搖了搖頭。

他沒有勉強她，只是自己一口吃掉了它，還意猶未盡的舔了舔手指上的糖粉。

落地窗外，陽光熠熠，海風輕拂而來，椰子樹的影子在地上搖曳。

她能聽見某個房間傳來輕柔的音樂聲，鼻子通了之後，她也能聞到手中檸檬紅茶的檸檬與紅茶香。

她應該要起來了，但她不想。

這男人也沒示意她起來，他只是往後靠著牆，讓她蜷縮在他懷中，伸手繼續拿起另一塊小餅乾吃著，細嚼慢嚥的咀嚼著，好像她剛剛的崩潰完全沒發生過，而他只是和她約好了躲在這裡喝下午茶。

縮在他懷裡，她能清楚感覺到他穩定的心跳，感覺到他身上輻射而出的溫暖。

不知為何，讓淚又上眼。

他只是再抽一張面紙給她，然後用從頭到尾都摟著她的那隻手，再輕輕拍撫她。

她擦去眼淚，捧著那杯冰紅茶，小小再喝一口。

他繼續吃那盤餅乾和蛋糕，吃得津津有味的，跟著再次哼起了一首輕鬆的旋律。

那是另一首老歌。

他哼完一首，又哼一首，然後再一首。

有些她聽過，有些她完全不認得，那些都是上世紀五六十年代黑白片時代的老歌，旋律多數輕鬆又愉快。

依靠在他身上，她能清楚聽見他慵懶的哼唱在空氣中迴盪，也在他胸腔中共鳴，那鳴動和心跳與體溫一起，隔著衣，傳到她身上，偶而他的手指還會配合旋律敲打節拍，那悠閒的氛圍，讓身體裡緊繃的肌肉，一束一束的放鬆了下來。

不覺中，眼皮越垂越低，她能看見日光透過盈在眼底的水光，透出七彩。有那麼好一會兒，時間變得有些緩慢，眼前的事物好似絢爛又虛幻。她能感覺到他襯衫下胸腔中規律的心跳，嗅聞到他身上淡淡的肥皂香。莫名地，溫暖又安適的恍惚，悄悄浮了上來。

她閉上了眼，睜開，又閉上，再睜開，然後忍不住再次闔上了眼。

他仍在哼唱著，那一首又一首，溫暖、舒服又慵懶的老歌。

當那高級骨瓷杯從她手指垂落下來的瞬間，達樂不著痕跡的接住了它，沒讓她沒喝完的最後一口紅茶濺出來。

他把那骨瓷杯放到地上，嘴中的旋律仍未停下，只是哼唱的更慢，更小聲。

懷中的女人貼靠在他肩頭睡著了，他繼續輕輕來回撫著她的背，直到她輕淺的呼吸變得更深更沉。

落地窗門外，椰子樹輕輕搖曳著。

他垂眼看著懷抱中的女人，不知何時又滲出的淚水懸在她的眼睫上，在日光中閃閃發亮，讓心更緊，緊到都有些疼了。

不自禁的，他握住了她有些冰冷的小手。

扯著嘴角，他悄悄嘆了口氣。

唉，他平靜美好的人生啊……

第八章

夕陽西下。

她在床上睜開了眼。

這一秒，唇舌有些發乾。

日光傾斜的方向與角度，顯示她幾乎昏睡了大半天，她沒想到她會崩潰，也沒料到她竟然真的睡著了。

心跳，在胸中鼓動。

她隱約記得幾個小時前，那男人就將昏睡的她抱回了床上，他甚至很好心的替她開了冷氣，蓋了被子，動作萬分小心。

她緩緩坐起身，環顧四周，房間裡沒有其他人，可她似乎仍能嗅聞到他身上的味道，聽到他輕柔的哼唱。

那種溫暖的安適感，是她以為再也不會有的感受，讓人想一直停留在其中。

她甩開那念頭，下床到浴室中解決生理需求，可洗完手拿毛巾擦手時，她不由得垂眼看著自己的右手，她記得後來，半夢半醒間，他握住了她的手，他的手很大很溫暖，包覆住她的，輕輕摩挲著，帶來一種她幾乎早已遺忘的感覺……好似他真的在乎她……好像她真的值得被呵護……

不由自主的，她將手緊握成拳。

有那麼好一會兒，她有些動搖，可當她抬眼，看見鏡中的那張臉，心頭猛地一抽，她知道自己沒辦法冒險。

她在這裡待的夠久了。

紅眼的人或許真的很有一套，他們或許真的是好人，可她不能賭。

她不相信任何人。

不能相信。

所以最終，她只是把擦手的毛巾掛了回去，回到房間，換上一套輕便的衣物，從冰箱裡拿出食物，做了簡單的三明治，填飽肚子，等天黑。

天色漸暗。

六點過去，七點過去。

她聞到了飯菜香，然後笑聲陣陣傳來，她如過去幾天那般，穿著輕便的衣物，開門走了出去，在黑夜中穿過院子，朝海邊走去。

主屋那頭，仍亮著光，落地門窗裡紅眼的人如過去幾日那般聚在一起用餐，闕浪、肯恩、烏娜，當然大小姐和那保鏢也在。

然後，她看到了那個男人，就在他們之中，一起吃飯、聊天、說笑。

那張餐桌上，擺滿了豐盛的菜餚；那間餐廳裡，充滿了愉快的歡聲笑語。

她的視線不由自主的在那放聲大笑的男人臉上多逗留了一秒，然後才猛地回神，快速的轉身走開，但卻感覺到右手好似仍殘留他大手的溫暖。

這幾日，她早已注意到，這些人喜歡一起吃飯，每到用餐時間，他們每個人都會在餐廳裡，白天她的崩潰，意外的製造了她需要的空間。

這是最好的機會。

她每天都會去海邊散步。

早晚各一次，有時半夜睡不著也會到沙灘走走。

就算有人看到她往海邊走，也不會覺得奇怪，這是她固定的散步路線。

她維持著穩定的前進速度，一直走到靠海的防風林旁，才拐進林子裡，從沙地裡挖出這幾天陸續從房間裡偷渡出來的東西，將它們全裝在塑膠袋裡，跟著快速的藉著防風林的遮掩，繞了一大圈，來到屋子旁的停機坪。

一輛直升機停在那裡。

她快步跑了過去，誰知才跑到停機坪上，就見達樂從直升機後方走了出來，她一驚，猛地停了下來，身子微側，把左手提的袋子藏在身後，力持鎮定的看著那原先還在餐廳裡與人談笑風生的男人。

他穿著T恤、海灘短褲，腳踏藍白拖，臉上掛著微笑。

「嗨，晚安，看來妳好多了，這麼晚了，是想去哪嗎？」

「屋裡有些悶，我只是四處走走。」她強迫自己放輕鬆，聲音卻有些乾啞。

聞言，他嘆了口氣，在夜風中，伸手耙過被吹亂的黑髮，露出迷人的微笑，看著她道。

「妳別那麼緊張，我們把話攤開來說吧。我知道妳不是笨蛋，白天武哥那串關於假身份的廢話，妳不信，我不信，我看他自己也不相信，真的是八成鬼才會信。我知道妳想離開，我也不認為妳是什麼雙面間諜，大概是有什麼妳不想說的原因，還是妳想說？」

她面無表情的看著他，一雙眼眨也不眨。

「好吧，妳不想，我想也是。」他不在乎的聳肩笑著，繼續道：「只是那賊頭不是吃素的，我看妳應該也曉得了，所以白天才會那麼乾脆的告訴他海底電纜的事，妳給他一點東西，讓他有事情忙，也讓我們幾個相對更信任妳，妳才好找機會離開。妳早料到就算妳離開不是想跑回去通風報信，武哥也習慣把所有的資源都掌控在手裡，不會輕易放妳走，對吧？」

她確實知道，那螢幕後的男人，從頭到尾就沒打算讓她脫出他的掌握。在和紅眼連絡前，她就想過這件事，卻沒想到對方竟會把她軟禁在島上。

正當她想著該如何處理眼前的狀況時，眼前的男人卻朝她伸出手，笑看著她說。

「想走也不是不可以。」達樂噙著笑，側身打開了直升機的門，另一手卻掌心朝上的朝她伸來，對她討要，「妳把打火機交出來，我帶妳離開。」

這話，讓她一怔。

見她不動，他對她挑眉說：「相信我，比起燒毀破壞大小姐的財物，把它偷走，會是相對方便且較無敵意的辦法。而且若是由我駕駛，那偷竊的就是我，而不是妳了，妳不想製造更多敵人吧？」

這提議讓她有些錯愕。

「怎麼，我猜錯了嗎？妳不會開直升機對吧？但妳擔心若駕遊艇逃跑，還是會被直升機追上，所以妳撕開了床單，浸了沙拉油，每天散步時分批帶到海邊藏起來，打算把這長長的油布塞到直升機的油箱裡當引線，製造時間差，等妳隔著一段距離點火，趁它燃燒時，妳就能跑去碼頭開船。哇啦，接下來等直升機爆炸，我們就得忙著救火，沒空追妳，就算想追，也沒直升機可用，妳就能逃之夭夭了。」

一瞬間，有些驚疑不定，她頭皮發麻的瞪著眼前人，怎樣也沒想到他竟會知曉她的計劃。

見狀，達樂又笑，伸出兩根手指比劃著，「現在，妳有兩個選擇，將那袋油布丟了，把打火機給我，讓我駕駛這性能絕讚、速度飛快的高科技飛行器噠噠的送妳到妳要去的地方；或者，妳也可以打倒我，轉身衝去碼頭開那艘雖然豪華，卻可能要多花好幾倍的時間才能到達最近陸地的笨重遊艇。」

說著，他好笑的挑眉歪頭，「嗯，不過我個人比較偏好前面那一個。而且我過來時，和大夥兒說我要去廁所，雖然我覺得沒人會關心我是不是掉到馬桶裡了，但我不敢保證不會有人忽然心血來潮去查看監視器，要是不巧看到我們倆個杵在這兒，而妳手上還提著一袋浸了沙拉油的布條，擺明是想製造火燒機的延遲裝置，若又不幸搜出妳身上有打火機，事情就會變得很麻煩了。如果我們要跑，就要快，OK？」

看著眼前這聰明到有些嚇人的傢伙，她眼角微抽，她知他是對的，不想再浪費時間，她扔了那袋油布，掏出口袋裡的打火機，快步上前交給他。

握住打火機的那一剎，他唇邊嘴角的笑，瞬間入了她的眼，讓她心頭猛地一縮。

他看了更樂，一把將打火機往泳池方向扔去，才開心的率先上了直升機，她跟著爬了上去，就見他熟門熟路的撥動幾個開關，按幾個按鈕，駕駛儀表板瞬間亮了起來。

他繫上安全帶，抓起耳機戴上，不忘伸手指指她前方，在那副駕駛座上也有一副全罩式耳機，她抓起來戴上，並繫上安全帶，他則一手握住了操縱桿，同時按下了啟動引擎的按鈕。

她感覺到機身的震動，機艙上方的螺旋槳開始緩緩轉動，發出了不小的聲響，她緊張的看向主屋的方向，果然紅眼的人聽到動靜就跑了出來，可這時螺旋槳已越轉越快，揚起強勁的風勢。

看到駕駛的人是他，原本持槍跑第一的烏娜有些傻眼，肯恩跟在她身後，闗浪更是乾脆停了下來。身旁的男人挪動操縱桿，將直升機往上拉升，揚起的風塵讓每個人都不得不往後退。

她才在想，怎沒看見大小姐和那保鏢，下一秒就聽到巴特大小姐冷靜的聲音從耳機裡冒了出來。

「達樂，可以請你解釋一下，你到底在做什麼嗎？」

「抱歉，我的大人，雖然這裡美好似天堂，但我們比較想當自由的小鳥，可惜我們沒長翅膀，只好借妳的直升機一用了。」他笑著回答，還不忘伸手壓在唇上，對著地面上大夥兒，拋了個飛吻，跟著就傾斜操縱桿，將直升機拉得更高，飛上了夜空，飛越了防風林，眨眼就到了海上。

她忍不住回頭看，停機坪上轉眼只剩兩個男人，跟著她就聽到烏娜的聲音也傳了出來，惱怒質問。

「達樂，你瘋了嗎？你想帶她去哪裡？如果武哥知道——」

「哈哈，妳告訴他，我欠他的人情債，在我把人帶出來之後，就已經兩清了。小的我從此無債一身輕，要自由高飛啦，翹！」

說著，他不等對方回答，就愉快的關上了對外通訊，一邊駕駛著這昂貴的飛行器飛向遠方，一邊看著一旁的女人，笑問。

「好了，親愛的，我們已經啟航，請問接下來，妳想航向何方呢？」

看著他臉上的笑容，她心跳飛快，終於忍不住問。

「你為什麼要幫我？」

「除了不想在妳逃走時，還得灰頭土臉的忙著救火之外嗎？當然是為了想氣死那愛操縱人的賊頭啊，哈哈哈哈──」他看著前方海天一線處，哈哈大笑。

她有些無言，有點搞不清楚這兩個男人到底是怎麼回事，看他笑得如此開心，她還真不知該說什麼。

他笑得雙肩直顫，然後才邊笑邊說：「說真的，妳想去哪？我得確定一下我們有足夠的油能飛到那裡。」

她聞言，只能開口說：「先到最近的城市吧。」

「收到。」

他搞笑的舉手對她敬了個禮，跟著就握著操縱桿，重新校正了方向，在黑夜中，飛向最新的目標。

✣
✣
✣

不到幾個小時，他已帶著她飛越大海，技術高超的把直升機降落在一處位在海岸邊的豪華別墅的草坪上。

雖然是深夜，直升機的突然出現，還是引起了注意。

屋主驚慌失措的穿著睡衣跑出來看。

身旁駕駛直升機的男人關掉引擎和電源，神態輕鬆的開門跳下來，掛著他那迷人的笑容，彷彿這是自家後院一般，揚手和對方打招呼，用流利的英文夾雜著幾句印尼語和對方溝通。

聽到那語言她並不意外，之前她在海邊觀察星星，認出了南十字星和獵戶座，用天文定位推算出了那座島嶼的方位。她對印尼語不熟，幸好對方會英文，兩個男人很快改用全英文交談。

她跟在他身後，聽到他指著直升機提及沒油了，還有他認不認得藍斯·巴特之類的話，對方瞪大了眼，頻頻點頭。

在直升機上，他和她說過他打算做什麼，她就聽聽而已，並不真的認為這事能成，但神奇的是，那人竟然真的回屋裡，拿了一把車鑰匙給他。

一直到她坐上了車，看著他伸手出車窗和那笑得闔不攏嘴的屋主揮手道別，一邊把車駛離車道，開上馬路時，她都還有些不敢相信事情竟然會這麼簡單。

「他就這樣把車鑰匙給你？」等上路完全看不見那棟別墅時，她忍不住問：「你怎麼知道他真的會給你？」

「那可是巴特家的直升機，上面還有商標耶，就算不是，拿車換直升機，怎麼樣都划算。」他一手輕鬆的擱在方向盤上，笑著說：「況且，若真的是巴特家的直升機，這可是和藍斯．巴特搭上線的大好機會，那傢伙能在這地方蓋這麼大的別墅莊園，八成是做生意的，兩成是政界高官，不管是哪種，都不可能不認得藍斯．巴特，更不會想錯過這機會的。」

她啞口，再次無言。

他關上車窗，調整冷氣出風口，在黑夜中開著車，笑著道。

「到市區還要一陣子，等到了那裡，妳有什麼打算嗎？」

這話讓她愣了一下，不由得朝那開車的男人看去。

「妳還沒拿到新的身份，我猜妳想去的地方，並不是那座城市，甚至不在這個國家，對吧？那意謂著，妳需要一本新護照去搭飛機，還是妳已經有了？」

「謝謝你的幫忙，但我想接下來，就不勞你操心了。」她淡淡的說著。

「OK，妳不想說，我瞭解，既然妳已經有打算，我就不多管閒事了。」

說著，他笑著打開收音機，調了幾個頻道，找到一個播放歌曲的，一邊跟著哼唱，一邊順著公路開車。

她將雙手交叉在胸前，不時還是會忍不住瞥向後照鏡，總覺得後方隨時會有人追來，可一直到遠方天色露出魚肚白，後方始終沒有追兵，偶有來車，也都很快交會，沒有車突然來個大迴轉，也沒直升機突然越過上方，擋住去路。

然後，森林田野開始減少，建築物開始漸漸變多。

當天大亮，他已載著她，將車開到了市區。

因為還早，街上人車不多，不過人們陸陸續續的出現，他把車開到了市中心，停在一處停車場，看著她，伸手指著對面。

「那邊是巴士站，有不同的巴士通往不同的地方，機場、港口，可以讓妳去妳想去的地方。」

「謝謝。」她點頭，開門下車，卻見他也跟著下了車，開口喊她。

「喂。」

她頸背一抽，以為他想幹嘛，回頭就見他繞過車頭來到眼前，遞給她一張名片，那是他從車上拿的車主名片，但他是翻過來給她的，他拿筆在上面寫了一串手機號碼。

「以防萬一，」他看著她，微笑開口：「妳想找人吃飯。」

清晨的陽光灑在他身上，微風將他的黑髮揚起，那雙黑眸中有著讓心口抽緊的真誠心意。她愣看著這男人，她不想再和他繼續牽扯下去，本不想拿，可最終還是伸手接了過來。

他是個聰明人，她猜他其實也知道她不會打這電話，但依然把手機號碼給了她。

以防萬一。

心口微暖，她將名片收到口袋裡，抬眼直視著他那雙澄澈明亮的眼，真心的，再次說了句。

「謝謝。」

他又笑，朝她揮了下手，這一次，他主動轉身瀟灑走開。

看著那男人的背影，她心中湧起一股不知名的感受，有那麼好一會兒，她幾乎想開口叫住他，可到頭來，她只是深吸口氣，準備轉身進入街頭，混入從四方湧出，前往上班上課的人潮裡——

男人停下了腳步。

她一怔，不由得也停下了轉身的動作，就見他雙手插在腰上，仰頭看著天空，嘴裡不知在嘀咕什麼。

太遠了，她聽不清楚，可一顆心不由自主的加快了速度。

理智上，她知道自己應該要走開，快點離開這裡，但雙腳卻不肯動。

然後，那男人嘆了口氣，腳跟一旋，再次轉過身來，隔著一大段距離遠遠的看著她。

一見她仍在原地，他就笑了，還開口咒罵了一句髒話。

那行為和他的表情完全不搭，好像他很高興看到她仍在這裡，又很無奈她仍在這裡。

這一秒，心跳更快。

下一瞬，他再次舉步，星眸炯炯，在金黃的晨光中，邁開腳步朝她走來。

才一眨眼，他已來到了眼前。

不由自主地，她屏住了氣息，黑眸微睜，看著那神情颯爽的男人笑著伸出了手，一把攬住她的腰，低頭吻了她。

有那麼好一會兒，她沒意識到發生了什麼事，只吃驚倒抽了口氣，然後所有沉寂已久的感官驀然醒了過來，就像是黑夜中的燈泡，忽然被人通電打開了開關。

他溫暖的氣息，他濕熱的唇舌，味道、心跳，乾爽的皮膚、結實的肌肉——

她可以嚐到他的味道，他舔吻著她的唇，輕輕的，誘哄著她張嘴，一次又一次的來回，像在品嘗吸吮什麼甜美的果實，教她不自禁喘息地和他唇舌交纏，然後他的大手捧握住她的臀，將她拉得更近，讓她敏感柔軟的雙峰貼到了他堅實的胸膛上，感覺他灼熱的慾望抵著她，讓她心跳飛快，跳得和他的一樣快。

這是個性感、濕熱、火辣的吻，燒得她渾身發燙。

然後他停了下來，額頭抵著她的，喘著氣低笑。

「可惡。」

她也在喘，聽到他的笑聲和低咒，她才發現他已經將她壓在車門上，而她非但左腿順應著他的捧握勾到了他臀腿上，她一手早攀上了他的脖頸，一手則緊抓著他胸前的衣。他堅硬勃發的慾望抵著她腿間的柔軟，隔著衣物緊緊的抵著，像是恨不得能嵌入其中，傳遞著那無法抵賴的熱度與悸動。

她猛然回神，不敢相信他做了什麼，自己又做了什麼，熱氣倏忽衝上了臉耳，她反手就將他推開，幸好他沒阻止她，她立刻轉身走開，卻聽到他的腳步聲快步跟了過來。

這一刻，她只覺得渾身燥熱，又羞又窘，忙匆匆加快腳步，但那傢伙腿比她長，幾個大步就追了上來，和她並行在街上。

她沒轉頭看他，刻意不看，可全身上下卻都意識到他的存在。

她走得更急更快，身旁這男人卻輕鬆跟在她身邊，開口道。

「相信我，我本來真的想瀟灑轉身離開的，如果我回頭時，妳已經走了，那也就算了，但妳卻還在，妳知道這意味著什麼嗎？」

「我只是在考慮要去搭飛機還是坐船。」她面紅耳赤的匆匆開口。

「小姐，妳在逃命耶，這時機，妳不先閃人，還杵在原地看著我英俊的背影慢慢考慮？」他說著說著就笑了起來，道：「哈，這意味著妳喜歡我。」

她臉耳更紅，有些惱的道：「這只意味著你是個自戀的混蛋。」

這話只讓他得意的笑出聲來：「我是有些自戀沒錯，不過拜託別忙著否認了，剛剛妳可是紮紮實實的回吻了我。」

他說得沒錯，可這只惹惱了她。

她滿臉通紅的停下了腳步，怒瞪著他，「我承認在這之前，我是覺得你還不錯，但現在看來，顯然我沒有半點看人的眼光！」

聞言，他更樂了，只跟著停下了腳步，歪頭笑看著她道：「喔不，親愛的，妳要相信妳自己，我真的覺得妳看人的眼光還不錯的。我想妳應該早看出來了我喜歡妳，既然妳也對我有意思，這樣吧，我有個提議，妳要不要考慮雇用我？」

這傢伙當她是白癡嗎？

她眼角微抽，冷聲開口道：「謝謝你之前的幫忙，但我想我們就到此為止吧。」

說著，她再次轉身快步走開，那男人卻再次跟上。

「嘿，妳應該知道我是易容高手吧？我已經還清欠那賊頭的人情債，現在剛好無事一身輕，雖然我不知道妳到底想做什麼事，但顯然妳不想被那邪惡的遊戲組織發現，應該也不想被紅眼的人找到帶回去島上軟禁，對吧？」

達樂大步跟在她身邊，臉上掛著愉快的笑容，說服她。

「既然如此，雇用我可是百利而無一害，那小氣的賊頭死扣著錢沒給妳，就算妳離開時有在衣服或鞋子裡藏了些美金，也不可能有多少，看妳這表情，我沒說錯對吧？應該還有別的，我想想，黃金？是嗎？妳想去哪換？黑市的價格可不太好。」

他話到一半，她臉色已不覺一沉，但仍沒停下腳步，只快步的擠過人群，穿過早上的市場。

達樂緊緊跟著她，半點也沒打算放棄，一邊左顧右盼的察看市場裡的攤販，一邊唇角帶笑的貼在她腦袋後說。

「再來是護照，我猜妳八成早弄到了假護照，一直貼身藏著，妳能在那組織裡不動聲色的待那麼久，應該打一開始就沒傻到會奢望靠紅眼給的新身份，開出二十萬美金的條件也只是讓我們別去多想。不過說到假護照這件事，就算妳弄到的假護照夠真，可妳有沒有想過，即便我們已幫妳製造了倪文君的死亡，但妳這張臉說不定仍在組織監控的名單上，那邪惡的組織勢力如此龐大，擁有的科技那樣先進，在各國收買了那麼多的人，妳一過海關，對方隨便用AI人臉辨識一下，妳立刻就會見光死了。」

這話，讓她心一驚，可依舊腳下不停。

達樂盯著她頭頂上的髮旋，笑著繼續低頭在她耳邊道。

「當然，妳也可以試著賭賭看，賭那些負責這些行政作業的人會記得把妳這張臉從自動辨識中刪除註銷，只是最近他們忙著應付紅眼的人，要是一個不小心忘了處理，那就太糟糕了，不是嗎？不過，身為易容高手，只要給我一點時間，我保證幫妳改頭換面，甩掉所有追蹤，輕鬆愉快的到妳想到的地方，去做妳想做的事。」

她惱火的停下腳步，轉頭叱道：「我不需——」

可話才出口，她就看清身後的男人，瞬間整個愣在當場，差點以為自己認錯人。

只因不知何時，他竟已換上了當地的T恤，戴上了一頂棒球帽，還在她轉身時，把一頂不知從那順來的草帽，戴到了她頭上。

更誇張的是，他非但臉上、脖頸的膚色變深了，臉上竟然冒出了一把大鬍子。那鬍子嚴絲合縫的緊貼在他嘴的周圍，一路從下巴蔓延到他的耳下，完全看不出任何破綻。

要不是他那雙帶笑的眼，要不是他把那草帽戴到她頭上，要不是他仍笑看著她，開口對她說話，她絕對認不出來眼前這人和剛剛在停車場吻得她神魂顛倒的男人是同一個。

她傻眼瞪著他，整個愣在當場。

他見了，只露出白牙，有些得意的挑眉，笑道。

「哈，我說過了，我有雙神奇的手。」

「你怎麼……什麼時候……？」她不敢相信的瞪著眼前人，震驚得無以復加，她才沒看到他多久？幾分鐘？幾十秒？她不確定，但她很確定，從方才到現在兩人一直在大庭廣眾之下，街上市場裡少說也有幾十上百人，如果他就這樣改頭換面，怎麼可能沒人注意到？

可眼下周圍根本沒有人覺得奇怪，人人都忙著買菜做生意，沒人多看他幾眼。

她的問題，只讓他臉上的笑容更深，牽動了那貼在他臉上的鬍子。

「妳可以想辦法在身上藏錢藏黃金，我當然也能在身上藏些好東西。」

說著，他黑瞳發亮的伸出了空空兩手，當著她的面，手一轉就秀出一支防曬乳，擠出一些，抹在手上，眨眼間他那雙大手，從手背到手指的膚色就變深了，跟著他給她看那防曬乳，然後大手一轉，兩手交換，再翻回來時，那防曬乳就不見了，彷彿消失在空氣中，她完全沒看到他怎麼把它變出來，又怎麼把它弄不見的。

「噠啦，神奇的雙手。」他邊笑邊顯擺的翻轉空空如也的兩隻大手給她看，

「這只是障眼法。」

說著，他把手伸到她耳後，再收回時，變出了一本護照。

她一驚，下意識伸手去摸自己藏護照的左側腹的暗袋，果然它已經不見。

怎麼可能？這念頭一閃過，她便驚覺是方才那個吻，她不敢相信自己竟然沒發現，忙伸手去抓，就見眼前的男人將那本護照舉得更高，朝她眨了下眼。

「欸欸，小姐，我以為妳夠聰明，知道妳現在需要的不是這本護照，妳需要

的是另一張臉，一張沒有人認得的臉。」

她瞪著眼前的男人，心跳飛快。

見她不再試圖強搶，他反而放下了那本護照，遞到她手裡，垂眼看著她，微笑道：「喏，妳現在最需要的，是像我這樣精通易容術和障眼法的人才，只要和我在一起，妳就能成為任何人，輕鬆出入各國海關。」

一時間，有些啞口無言。

「雇用我。」他挑起左眉，笑瞇瞇的告訴她：「我保證妳不會後悔。」

✣ ✣ ✣

她在考慮。

達樂看得出來她心動了，她的瞳眸收縮著，眼角微微抽緊，粉唇微啟半張，他幾乎能看到她的小腦袋在快速的運轉，衡量所有的得失，然後她開了口。

「雇你一天多少錢？」

聞言，他露出燦笑，「一天一百美金，還有，妳要當我的女朋友。」

她眼微瞇，薄唇抿成了一條線，然後二話不說，掉頭走開，他再次跟上。

「哈，就知道妳會想歪。」達樂腳步輕快的跟在她身邊，邊說：「讓我再說清楚一點，我只是需要妳在接下來幾天，扮演我的女朋友，和我拍些情侶照，好讓我傳給那賊頭看，氣死那愛操控人的王八蛋。」

她快步穿過人群，冷聲說：「我不知道你是怎麼回事，但如果你閒著無聊想找人玩弄，請你去找別人，我現在沒空和人玩遊戲。」

「我知道，但妳不覺得很划算嗎？只要和一個妳不那麼討厭的人吃吃飯、喝喝咖啡，拍幾張照片，就能換來一個易容高手兼保鏢，幫妳付錢、弄證件、過海關，一路為妳保駕到底。」他笑眯眯的說：「喔對了，至於該怎麼付我薪水妳也不用擔心，韓武麒還欠妳二十萬美金對吧？我會負責幫妳討債，扣掉妳需要支付我的薪水之後，再轉到妳提供的戶頭，妳若想要現鈔，我也能付現給妳。」

她頭也不回的繼續快步往前，冷哼一聲：「你現在是告訴我，只要我願意和你吃飯喝咖啡拍幾張照片，讓你傳給你老闆，你就會冒著可能被丟進獵人遊戲當獵物的風險，幫我對付海關、擺脫追蹤，還會幫我討債付錢？你知道你在說什麼嗎？」

「當然知道，我會負責幫妳一路過關斬將。還有，那賊頭是我的前老闆，如果妳願意的話，妳就會是我現任老闆。」

「你是不是以為我是白癡？」她穿過馬路，疾行到另一頭，「我現在最不希望的就是讓人知道我人在哪裡，你還想拍照傳給在追蹤我的人，然後覺得我會認為這真是個划算的好主意？」

她停在路邊和一個攤販買了一瓶礦泉水，還沒掏錢，身後的男人已經掏出了一張當地的紙鈔付帳，她沒和他爭，只是拿著那瓶礦泉水走開。

達樂也拿了一瓶礦泉水，示意對方不用找錢，迅速邁開長腿跟上，「放心，我保證我傳出去的照片，不會有任何顯示我們所在地的標示，妳要是擔心我拍完都可以讓妳先檢查，若妳堅持，我甚至可以等到妳把事情處理完之後，再把照片傳出去，反正我的重點也不是想做實況轉播。」

她嘲諷的說：「是，你的重點只是在氣死那個愛操控人的老闆。」

「前老闆。」他再次強調。

她再受不了，翻了個白眼說：「到底有誰會因為員工和逃走的線人成為情侶就會氣得七竅生煙？」

「如果是那個被人說他有紅娘體質，所有幫他做事的員工都會因此被迫結婚的男人就會，哈哈哈哈——」達樂說到最後，還忍不住笑了出來，「我這可是幫他坐實了那個惱人的謠傳，保證他短期內再找不到任何想維持單身的優秀人才。」

「你說什麼？紅娘體質？」她之前好像有聽到類似的話題，但這也太瞎了，可聽這男人樂成這樣，她知道自己沒有聽錯，忍不住停下腳步，不可思議的回頭瞪著他說：「你們這些人腦袋有洞嗎？」

讓她吃驚的是，他手上不知何時又多了一袋炸物，趁她回頭，他將那食物塞到她手上。

「沒有，而是對某些人來說，有些事真的寧可信其有，不可信其無。」趁她反射性接過食物，達樂掏出另一張鈔票，和路邊小販買了一盒甜糕。「如果巧合一再發生，那就不要試圖去對抗那神秘力量，還是敬而遠之比較保險。」

再回頭，她仍站在原地，沒有趁機跑掉，只一臉不敢相信的看著他。

他見狀，笑了出來，打開蓋子，拿小竹籤插了塊綠色甜糕入嘴，對她眨了下眼，邊吃邊說：「只要有人信了，造成那賊頭的困擾，我就開心了，哈。」

「那男人到底對你做了什麼事？」

他黑眸一亮，歪頭笑看著她說：「妳如果答應幫我氣死他，我就告訴妳。」

她一臉無言，半晌，方眼微瞇的開口道。

「一天一百美金，假裝女友和你拍照就行了？」

「沒錯。」

「每張照片我都要看過。」

「可以。」

「在我說可以之前都不能上傳。」

「沒問題。」

「所有的開銷你都要先支付，事後再從那筆錢中扣除。」

「當然。」他咧嘴一笑，拿竹籤再插了一塊甜糕，送到她嘴邊，「所以，我們成交了嗎？」

她緊抿著唇，看著他，不安的瞳眸中仍有猶豫，最終，她沒吃掉那糕點，但朝他伸出了手。

達樂臉上的笑容往旁擴大，他忍不住挑起左眉，一口吃掉了那甜糕，咬著竹籤，握住了她的手，噙著笑說。

「感謝您的雇用。」

他的手，包覆住她，再次帶來那種被呵護的溫暖。

她飛快抽回了手，轉身往前走，男人再次大步跟上，語帶笑意的問。

「老闆，現在我們上哪去？」

「馬來西亞。」

第九章

這男人真的很厲害。

他的易容術神乎其技，那天他沒有多久就弄來了一本二手護照，和一些能墊高鼻子和顴骨的矽膠，還有一大堆的化妝用具與假髮，沒多久便將她易容成護照中的女人，就連她自己照鏡子都認不出來。

當然，他也改變了他的模樣，而且是徹頭徹尾的大改特改，從東方人變成了西方人，不只膚色、面貌，連瞳孔顏色都改變，讓她整個看傻了眼。

他帶著她一路從印尼到馬來西亞、新加坡，又帶著她坐飛機到越南，再到泰國，每到一處，他都會興致勃勃地重新改變兩人的造型與外貌。

她與他手上的護照，從日本換到英國，再換成澳洲、加拿大，出國到當地的理由從旅遊渡假到出差做生意都有。

這男人精通多國語言，當他樣貌改變，他說話的口音也會跟著變化。

他自稱的職業，從律師到商人，從廚師到髮型設計師，而且他扮什麼像什麼，大部分的時候，她只需要安靜的待在他身邊就好。

從頭到尾，沒人試圖攔住他與她。

事情真的如他所說，一路通暢，輕鬆到她不敢相信。

她沒有告訴他最終的目的地，只在到一地時，才告訴他下一個要去的地方。

他也沒多追問，她猜他曉得她只是試圖擺脫可能存在的追蹤。

每到一個地方，他就會處理好所有的事情，交通、吃飯、住宿，他不住大飯店，卻總能找到乾淨便宜的民宿或旅館。

就像今天這間旅館。

它不在市中心，可走一小段路就能到捷運站，雖然看起來有些老舊，但該有的設備一應俱全。

兩人入住登記後，他就出去買飯了。

她則到浴室裡洗澡卸妝，拆下臉上那改變她樣貌的一塊塊小矽膠和假睫毛時，她還是覺得很神奇。鏡子裡的臉，再次恢復成她原有的樣貌。

看著那張臉，心頭又微微抽緊。

她垂下眼，擠了些卸妝油，低頭洗臉，然後走到蓮蓬頭下洗去一身汗水。

過去幾天，他一直和她住同一間房，兩人不是以情侶就是以夫妻的名義一起旅行，他說這樣比較不容易讓人起疑，她沒有抗議，除了偶而會找她一起拍些互相餵食、臉貼臉的情侶照，他從頭到尾沒再對她亂來過，他沒試圖吻她，沒將她壓倒，甚至連房間都會訂兩張單人床，每天晚上他與她都各睡各的床。

直到今天。

她洗好澡吹乾髮，走出浴室時，看到那張雙人床。

沒有別的房間了。

方才在樓下登記入住時，櫃檯內的員工這麼說。

他曾問她要不要換別間住，她告訴他不用，如果他真想對她做什麼，都住同間房了，一張床和兩張床真的也沒什麼差別，更何況她也不是沒和他睡過同一張床。

這旅館的地點很好，交通四通八達，無論要去機場或到城外都很方便，她不覺得有必要再換。

她上前拿起放在床邊的背包，打開來翻找。

這些天，她買了個背包裝新手機和一些隨身物品和簡單衣物。

趁那男人還沒回來，她翻出新買的胸罩回到浴室裡，把胸罩鋼圈的縫線拆掉，抽出其中的鋼圈，再把原先舊胸罩的鋼圈也小心拆下來，將兩者交換，然後才把新胸罩穿戴在身上。

她才剛扣上釦子，就聽到那男人回來了。

她匆匆套上T恤，開門走出去，看見他提了一大堆的食物回來。

今天離開機場後，他在巴士站的廁所就再次改換了樣貌，洗去過白的顏料，拿掉墊高的鼻子，變成原來的模樣，只是黑髮不再有型，穿得更像當地人。她甚至都不知道他是從哪弄來那看起來像穿過好幾年的舊T恤和步鞋。因為如此在地的打扮，又說著在地的語言，讓他無論是租車、登記住房都沒遇到困難或被敲竹槓。

提著食物進門的達樂，一看見她出來就露出笑容，鋪了張毛巾在床上，興高采烈，獻寶似的把那些餐盒一一拿出來放上。

「這附近有個市場，我買了炒河粉、青木瓜沙拉、芒果糯米飯，還有這酸肉腸妳一定要吃吃看。」他盤腿坐在床上，邊打開所有的食物，邊衝著她笑，「我本來還想買那個香蕉煎餅，不過那東西要趁熱吃才好吃，我就改買了這盒椰奶小脆餅。欸，擺不下了，哈哈，這甜點先冰起來好了。」

看這陣仗，她嚇了一跳，有些無言，忍不住問。

「這麼多，你確定你吃得完嗎？」這些天他也買過不少食物，但她有種他似乎一天天越買越多的感覺。

「我在買的時候也考慮過熱量的問題，平常該節制的時候，我也是很節制的，不過我們現在在逃命，多吃點沒問題的，反正都會消耗掉。」他咯咯笑著把甜點冰好，然後從剛剛放下的袋子裡拿出一手啤酒。

「這幾天我們跑了那麼多地方，換了那麼多模樣，妳放心，我確認過了，沒人跟著我們，今天晚上好好休息，明天就睡到自然醒。」

說著，他給了她一罐啤酒。

她接過那冰涼的啤酒，打開來。

這裡天氣很熱，即便旅館裡開著冷氣，冰啤酒還是很誘人。

他打開啤酒，喝了一大口，還暢快的哈了口氣，跟著就像孩子一樣開心的吃了起來。

她看了，跟著坐上了床，打開啤酒，小心的喝了一口，沁涼的液體伴隨著小小的氣泡，滑入喉嚨，舒緩了熱氣，讓她也胃口大開，拿起餐具吃起炒河粉和沙拉。

眼前的男人秋風掃落葉似的吃著那些晚餐，中途每種都分她一點，讓她嚐嚐味道，他吃飽後，心滿意足的說：「妳慢慢吃，我先去洗澡。」

說著，還不忘把他吃完的餐盒都拿去沖洗乾淨再打包收到垃圾桶裡。

她把最後幾口河粉吃完時，聽到他在浴室裡悠閒的哼唱著英文老歌，她知道他八成還要洗一陣子。

雖然從沒親眼看到，可她總覺得他洗澡一定會從頭洗到腳，說不定還有固定的順序，而且一定每根腳趾頭都會刷洗乾淨。每次這男人走出浴室時，浴室裡的毛巾都會被掛得整整齊齊。

天知道，那男人甚至連鏡子上的霧氣水漬都會擦掉，就算他此時此刻正在裡面刷馬桶她都不會覺得意外。

一起跑路的這幾日，她很快就發現他本性有點小潔癖，他買了一堆保養品和化妝用具，但所有的東西他使用完後一定會清乾淨再放回收納包裡，就算有時走得匆忙來不及清理，他有空時一定會再把它們拿出來清乾淨。

在郵輪上時他衣服會到處丟，可私下卻不是那樣的人，不管是在島上，或是這些天，他煮飯一定會邊煮邊順手把東西都收好，吃完飯一定會把餐具也一起洗乾淨，就算是在外面吃飯，他也會主動收拾，買食物回來吃，也總會把東西都弄得妥妥當當、乾淨整齊，他從來沒有等著別人幫他做什麼的習慣。

這男人，不是什麼養尊處優的大少爺。

聽著他迴盪在浴室裡的歌聲，她收拾著自己吃完的餐盒，如他一般把它們拿濕紙巾清乾淨再打包，確保沒有食物的異味會跑出來。

他在這時打開浴室門，一身清爽，滿臉愉快的換上了乾淨的短褲，一屁股坐上了床，從他的包包裡拿出保養品，將它們一一擺放在床上，排列整齊的像小小的士兵，然後開始對他那張俊臉進行按摩保養，再用身體乳按摩他的身體。

這全套的保養行為每次都讓她看得有些傻眼，即便已經看過好幾次也無法習慣。

不是說她不能理解有男人如此在乎自己的外貌和身體，而是這傢伙真的有一副強壯、結實又健美的身體。

他用那雙大手在他身上的二頭肌、斜方肌、胸大肌、腹直肌、臀大肌……各處遊走，將那些乳液抹開、揉按。

每次都看得她心跳加快，手心冒汗。

起初，她覺得他是故意的，可後來她發現他做這些按摩幾乎像是儀式一般，是他每天的固定流程，他是個很愛惜自己身體的人。

男人。

他的手再次經過人魚線，滑上塊壘結實的腹肌，來回搓揉身側的腹直肌，再滑上他的胸膛，不知道是不是她的錯覺，他動作似乎變慢了，緩緩向上，再向下，來回，手指一而再、再而三的陷入肌肉裡……

她忍不住抓起啤酒，再喝一口，視線卻不由自主的跟著他那雙大手。

不知為何，那雙手好像已經不是擱在他身上，而是在她身上，揉撫、按壓、摩挲，或是她的手在他身上？她不知道，她舔著有些發乾的唇，再喝一口啤酒降溫，強迫自己低頭查看前幾天新買的手機，打開訂票網頁，試圖查看飛往印度的班機，可不到兩秒，她的雙眼又自作主張的溜回他身上。

豈料，才抬眼就和他對上了眼，那男人揚起了嘴角。

他發現她在看。

她強裝鎮定，卻無法阻止熱氣上臉，只聽他問。

「妳要不要試試看？」

一時間，心跳更快，她眼角微抽，不由自主的屏住氣息。

「我是說乳液。」他噙著笑，橫過半張床，傾身到她身前，把那瓶乳液遞給她，「這裡是產米大國，這乳液用米做的，味道不錯喔。」

可惡，或許他真的是故意的。

她不知道，她搞不清楚，她不知道自己在想什麼。

她壓下上湧的羞窘和尷尬，張嘴回道：「謝謝，你用就好，我不需要。」

該死，她的聲音是不是有些沙啞？

她緊抓著啤酒，再喝一口。

他挑眉微笑，退了回去，讓她鬆了口氣，可下一秒就聽到他忽然叫了一聲。

「啊！還有甜點！我就覺得我好像忘了什麼！」

他下了床，打開小冰箱，拿出那盒飯後甜點，然後又再次上床爬到她眼前，拿出手機和她自拍。

「哈，差點忘了拍照。來，笑一個。」

這男人靠得太近，她全身上下立刻起了反應，有那麼一瞬間，她起了打或逃的衝動，幸好最後理智戰勝了那股衝動，讓她繼續坐在原地。

「你真的……咳嗯……我是說，你不覺得，我這樣裝笑很假嗎？」她這幾天每次陪他拍照都覺得很尷尬，她本來就不是那種愛笑或習慣自拍的人，更別說和人拍貼臉情侶照了。

誰知他聽了，只嘻皮笑臉的回說：「妳不想笑沒關係，嘟嘴親我一下也可以。」

她瞪著眼前這有些無恥的傢伙，只能一秒扯出了大大的假笑，配合的和他同框。

他快速的拍了一張，把椰奶糖霜小脆餅湊到她嘴邊，「好，現在嘴巴張開，假裝妳要吃它，啊——」

她乖順的張開了嘴，他則順勢把那小脆餅塞到她嘴裡，她愣了一下，就見他笑著說：「欸，妳要吃它啊，那傢伙是個吃貨，假吃很容易被看出來的。這東西很好吃的，裡面的奶霜是椰奶、蛋白和糖做的，妳相信我。」

瞧他那麼認真，她認份的咀嚼起那小甜點，椰奶的香甜瞬間在嘴裡擴散，酥脆甜軟都在其中。

「好吃吧？」他笑問。

她點頭，忍不住舔著遺漏在唇上的碎屑和糖霜。

「等等、等等，這樣剛好，我們先拍一張。」他見了忙阻止她，和她臉貼臉張嘴裝作要再吃一份小甜點，然後又道：「再一張，妳拿啤酒，假裝要餵我。」

她耐心配合，他又拍了幾張，這才滿意的往後跪坐回腿上，低頭檢查照片。

她看了忍不住問：「你還沒告訴我，那人到底對你做過什麼事，你要這麼大費工夫的惡整他？」這幾天兩人忙著改頭換面，擺脫追蹤，他沒提，她也忘了追問，直到現在才想起來。

達樂眼也不抬，邊快速的用手機修圖存檔、備份，邊說。

「我小時候幫他打工出了意外，那小氣鬼救了我一命，後來他送我去唸書又幫我付學費——」

她愣住，抬手打斷他，困惑的問：「等等，他救了你一命？還送你去唸書？幫你付學費？聽起來他對你很好，不是嗎？所以這就是你欠他的人情債？」

她每說一句他就恨恨的點一下頭，確認她的理解沒錯，讓她更不解了。

「那你為何還——」

「還這麼不知感恩和他作對是嗎？」達樂露齒一笑，放下手機，開了另一罐新啤酒，咬牙切齒的道：「自從救了我一命，那傢伙抓住這把柄，從此開始對我情緒勒索，動不動就讓我幫他上山下海、東奔西跑的賣命好幾年，他真的只差沒叫我去賣屁股了，我好不容易才脫身，可那王八蛋每次一有事就來找我，說他當年花了多少工夫才把我救回來，用了多少心血才想辦法送我去學受用一生的一技之長，又多辛苦才湊到錢幫我交學費，即便我早就賺到學費、醫藥費，把錢還他，終於能約滿走人了，那小氣鬼還是三不五時就能找到各種理由和我算通膨、算利息、算房租、算水電費！靠！他到最後還有臉和我算飯錢吃飯錢耶！有沒有搞錯？而且他讓我去學易容術，還不是因為他工作上有需要——」

達樂越想越火大，口沫橫飛的抱怨著那男人。

「是是是，我是欠了他一條命，我也很感激他當年的恩情，但那傢伙簡直沒完沒了！」他拿起啤酒再灌一口，老大不爽的哼聲道：「動不動就說他把我當親弟弟，啊靠怎麼就不見他這樣對其他人，每次一見到我，開口閉口都是錢，錢錢錢錢的！最好他也會這樣和屠家那幾個算學費、算飯錢啦，當我是白癡啊！」

她看著眼前這一臉憤憤不平的男人，只覺好笑，忍不住問。

「你是不是很羨慕他們？」

他一愣，猛地抬眼看她，一臉不可置信。

「蛤？」

「那些其他人。」她瞧著他，指出從中聽到的重點：「不需要還他學費和飯錢的那些人，你是不是很羨慕那些人？」

「我羨慕？妳瘋了嗎？」他好氣又好笑的說：「我是同情好不好，那姓韓的就是個小氣鬼、控制狂，從以前就愛操縱別人，把每個人都當棋子一樣耍弄，阿浪、力剛，還有屠家那幾個是從小被他洗腦洗到腦子都傻了，才會甘心為他賣血賣肝賣小命，我跑都來不及了，我羨慕？哈！」

他嗤之以鼻的嫌棄語氣沒說服她，只讓她忍俊不住揚起嘴角，拿起另一個小脆餅，放入嘴裡，小心咬了一口，不忘以另一手接著落下的碎屑，告訴他。

「如果他真的是個小氣鬼，你不需要羨慕那些其他人。」

「什麼意思？」達樂瞅著眼前的女人，就見她伸出丁香小舌舔去沾在她唇上的餅屑，讓他下腹一緊，一下子有些恍神。

她拎著啤酒，喝了一口，忍不住伸手再拿一個椰奶小脆餅，道：「你剛說他在你約滿離開後，會一直找各種荒唐的理由去找你要錢，對吧？水電費、吃飯錢？利息錢？你沒想過為什麼嗎？」

「哼，他就小氣死要錢，還能為什麼？」

這話酸的，讓她無聲輕笑，之前看他挺聰明的，沒想到也會有這種盲點。

「真正的小氣鬼，是不會讓人拖欠債款的。」她翹起食指，意味深長的指出：「與其分那麼多次討要，還不如一次把錢討回來，錢是可以滾錢的，每次去找你，還得花交通費，他想了那麼多名目，分那麼多次去找你，想要的大概也不是錢吧。」

達樂聞言一怔，然後哼笑一聲：「別開玩笑了，那傢伙來找我，除了要錢，就是要討人情債找我打白工，如果妳以為他會有什麼別的念頭，那妳就太不瞭解他了。」

「嗯，確實。」她小心再咬一口那酥脆的小餅，細細品嘗那椰香，說：「我不認識他，當然不可能比你瞭解他，或許他真的就是去和你討人情債，要你幫他做白工，若是如此，你也別以為你的人情債真的就此還完了，他要是這麼無恥，下回還是會找上你的。」

這話換來他一聲不爽的低咒。

她抬眼看去，卻看見他罵雖罵，嘴角卻帶著淡淡的笑意。

那讓她也揚起嘴角，道。

「你其實並不討厭他來找你，對嗎？」

他聽了，再次露出一臉不可思議、妳瘋了嗎的表情。

她在他開口反駁前，點了點自己的嘴角，噙著笑說。

「你在笑。」

眼前的男人，整個人一僵，然後尷尬的紅，上了他的臉耳。

那模樣，讓她真的笑了出來。

「哈，你喜歡那個小氣鬼。」她拎著啤酒，指著他，笑著說：「所以你才羨慕那些其他人，你希望他真的把你當弟弟，就像他對那些人一樣，可他每次來都只會和你要錢，你才會這麼不爽。我想他就是喜歡看你為此氣得蹦蹦跳，就像你就是想要找他麻煩，好讓他注意你一樣。」

他傻眼，大嘴半張，想要說些什麼，但爭辯的字句卻卡在嘴裡。

那讓她笑得更加開心，拎著啤酒再喝一口，笑著說：「你真該看看你現在的表情，呵呵……我真不敢相信你竟然沒想過這件事……哈哈哈哈……」

他傻眼看著雙頰暈紅的她，然後也跟著笑了出來。

「Shit，不會吧？妳喝醉了？」他傾身去拿她手中的啤酒。

「沒有。」她往後傾舉高拿著啤酒的手，冷哼著：「這是啤酒，又不是伏特加，你少轉移話題。我和你賭一百塊美金，那姓韓的想那麼多名目去找你，只是想看你過得好不好。」

「哈，最好是！我賭了！」他笑看著她，問：「妳確定妳沒喝醉？」

「當然。」她抬起下巴，卻在這時，看見他變得深黑的眼。

驀地，只覺得有些口乾舌燥。

下一秒，她不由自主的，深吸了口氣。

那不是個好主意，她注意到他的視線下滑，落到了她因為吸氣挺高的雙峰。

那灼熱的視線，讓她的身體瞬間起了反應，新買的胸罩太過單薄，擋不住那明顯的反應，他看到了，她也知道他看到了，室內的溫度彷彿在瞬間升高了幾度。

他將視線再次往上拉抬到她臉上，她只覺得臉紅耳熱。

有那麼一秒，她無法思考，或許也不想思考，等她意識過來，才發現自己本能的，緩緩伸舌舔著發乾的唇。

他的瞳眸變得更暗了，人也靠得更近了，讓她心跳飛快。

「告訴我妳喝醉了，然後我就會走開。」

他凝視著她的眼，低啞的開口。

說是這麼說，她卻感覺到這男人同時伸出了舌，悄悄舔著她沾到椰奶糖霜的唇角，讓她粉唇微啟，不禁再喘口氣。他沒真的碰到她，從頭到尾都沒有，即便是那唇舌，都仍只是幾乎貼著、掃過，可她能感覺到他身上的體溫，他呼出的氣息，他的味道，甚至那彷彿震動空氣的心跳。

他在給她退路，她應該要接受，只要照說就好，但她的身體不願意，過去幾天，被強行壓抑的慾望在每一吋皮膚下沸騰著，無聲吶喊。

她垂眼，只看到他唇上滲出了輕薄的汗，看到他誘人的唇近在眼前，吐出灼熱的氣息，看到他強壯的手臂橫過一旁，撐在床上。

她微側過頭，粉唇微啟，悄悄再喘一口氣，讓他也喘了口氣。

「妳喝醉了嗎？」他瘖啞再說。

那聲嗓飽含壓抑的慾望，灌入她耳裡，讓身體變得更加敏感熱燙。

然後，慾望戰勝了理智，她緩緩抬起眼，看著他深黑的眼，聽到自己說。

「我沒有。」

那雙水亮透著不安的黑眸仍瞧著他，可眼底卻湧現不再遮掩的慾望，讓他心跳更快，飛快。

他笑了出來，握住她高舉的啤酒，她沒有和他爭搶，她鬆開了手，然後那隻小手，在他低頭吻她時，攀住了他的脖頸。

男人的唇舌如記憶中那般，他的體溫、氣息好似龍火，瞬間襲捲而來。積壓多時的熾熱慾望如野火燎原，眨眼就燃燒掉整個世界，只剩他與她。

她在他嘴中嚐到啤酒和椰奶的味道，那個吻沒有半點溫柔，只有急切的火辣。

混亂中，他脫掉了她的上衣，她扯掉了他褲頭的釦子，他翻找出保險套套上時，她拉掉了那件礙眼的短褲。當兩人終於肌膚相貼，她忍不住輕顫，一雙手就沒辦法從他身上離開，他的臀部挺翹，胸腹肌肉結實，那緊繃有彈性的觸感，讓人愛不釋手。

更可怕的，是他的手在她身上遊走時引發的感覺，他真的有一雙靈巧的大手。

他吻著她，揉著她，輕輕啃咬、吮吻，大手撫過她身上每一處敏感的肌膚，按著、撫著、探索著，熱燙的唇舌同時吸吮她脖頸上的脈動、她被解放的粉嫩乳峰。

當他的嘴在折磨她敏感的雙峰時，他的手指探進腿間的濕熱，來回揉躪摩挲，讓她在不禁顫抖，不禁仰頭喘息，感覺身體變得更加滾燙，被撩撥的慾望和壓力一路堆疊，直到她再也忍受不住揪抓著他的黑髮，張嘴嬌吟出聲，他才抽出那邪惡的手指，挺身探了進來。

他無比熱燙粗硬，讓她再次深吸了口氣，然後看見他雙眼發亮的凝視著她，笑著再次低頭和她唇舌交纏。

他的大手，來到她的腰臀，捧握著她，深深挺進，一次，再一次，又一次，每一回都進得更深，帶來更加火熱的感受，讓她吸氣再吸氣，不由自主的勾著他的腿，挺身迎送。

她很快就被送上高潮，他也幾乎在同時噴發出來。

在那高熱的恍惚中，她只感覺到眼前的男人，看見他緊盯著她，呼吸著她吐出的氣息，嘴角還掛著性感的笑。

然後他低頭再吻她，又吻她，直到她感覺到他再次硬了起來，很快她就發現這男人從來就沒打算一次就完事，而且他不只腰力十足，體力也非常好。

第二次他從身後進來，大手抓握著她的乳房，濕熱的唇舌吮吻著她的脖頸，另一手揉按著她腿間濕滑敏感的嬌嫩，帶來陣陣酥麻酸軟，讓她抖顫嬌喘呻吟得不能自已。

「可惡，我就知道，妳叫起來好好聽。」

他在她耳邊低語，讓她渾身一緊，瞬間又上了高潮。

他沒有，他這次堅持住了，在她耳畔低低笑著。

「我第一次聽到妳的聲音，就忍不住幻想妳和我在床上，在我耳邊呻吟。」

他啞聲說著，繼續挺送。

那有些淫穢的話語，讓她臉耳更紅，兩人緊緊相貼的挺送摩擦帶來更強烈的刺激，她還沒來得及落地，就又被再次推送上去，就算想要抗拒，她的身體卻不聽使喚，緊緊揪抓著他，一次又一次迎合著，就算她咬住了唇，強忍呻吟，卻只是讓他衝刺得更快更猛，直到她再次顫慄起來，鬆口嬌吟出聲。

她從沒想過自己會如此需要、那麼渴望。

因為如此，有些著惱，等到好不容易找回身體的控制權，她將他推倒在床上，坐了上去，然後俯下身來，舔吮他胸膛上的汗水，含住輕咬他的乳頭。

達樂沒有反抗，只倒抽口氣看著她，那讓她星眸微亮，露出一抹得意的笑，教他萬分樂意的臣服在她身下，讓她利用他、控制他，從頭到尾，他只能雙眼發亮的看著她將雙手抵在他胸腹上，像個性感女妖一樣在他身上緩緩磨著搖著，騎乘控制著他，直到他滿身大汗，再也撐不住也喊出聲來，乖乖繳械投降。

然後他帶著她一起去了浴室，又回到了床上，汗水交融，髮膚相親，肢體糾纏……

這一夜，無比火辣、濕熱，萬般瘋狂。

他不敢相信他竟然對她如此癡迷，她也一樣。

當兩人雙雙耗盡體力，躺在床上時，達樂將背對著他的女人拉入懷中，大手依然忍不住捧握揉撫著她身前柔嫩的渾圓，感覺到她敏感的身體傳來一陣顫慄。

「這是性，只是性。」她沒有掙脫，只著惱的吐出這句幾近嘆息的話語，那迷人的聲嗓中有著困倦，透著慵懶。

「我同意。」他嘴角微揚，低頭輕輕啃了她肩頭一口。

他的贊同，讓她喟嘆了口氣，放鬆下來。

幾個心跳之後，他感覺到她昏睡過去，這才閉上了眼。

他應該要驚慌失措，跳下床，逃出房，遠離這有著海妖聲嗓，輕易就能把他榨乾的性感小妖姬。

可他不想，他的手不想、腳不想，腦袋也不想。

完全不想離開她。

她的心，仍在他掌心下跳動，一下又一下。

這是性，他知道。

他在黑暗中，悄悄笑著嘆了口氣。

只是感覺起來，像是回到了家……

第十章

她醒來時，天已大亮。

背後，有著規律的震動，那徐緩的節奏，讓人心安。

在那奇異的安適恍惚中，她嗅聞到他的味道，意識一點一滴的回歸，她才發現他睡在身後，從她後方環抱著她。

兩人的身體從頭到腳貼在一起，他一手環著她的腰，一手親暱的覆在她心口上，那讓她的心，每次跳動，都像是想躍進他掌心裡一樣。

他吐出的氣息，一次次拂過她的後頸，帶來些許酥麻軟癢。

試探性的，她睜開眼，拉開在她心上的大手，在他懷中轉身。

他沒有抗議，沒有醒來，依然沉沉熟睡著。

一線天光從窗簾縫中透進，灑落在他身上。

日光照亮他古銅色的皮膚，她伸出手，輕推他胸膛，想看看他是否真的還在睡。

她一推，他就往後躺平了，可雙眼依然沒有睜開，呼吸也依舊規律。

這男人睡得如此熟，有那麼一秒，她擔心她藥下得太重，不禁再次伸手輕觸他的胸膛，將掌心攤平，感覺他的心跳，計算心跳的速度。

在她指腹下的皮膚無比溫暖，他沉穩的心跳一下下的在她掌心躍動，沒有加快也沒變得更慢，一分鐘大概六十下，在正常的範圍內。

當她將目光往上挪移，看見他肩頭上殘留的齒痕，昨夜的瘋狂瞬間湧現腦海，讓臉耳又熱。

可有那麼一刻，她不想動，這是這麼多年來，她第一次沒有從惡夢中醒來，此時此刻，她只想閉上眼，繼續躺著，待在這裡，依偎著他，假裝世界不存在。

她真的想。

但是，她已經睡過了頭，遠超過她預計的時間。

看著眼前熟睡的男人，她清楚知道，自己不能繼續依賴他。

這男人是個好人。

他已經幫她夠多了，她不能再拖他下水。

接下來她要做的事，太過危險，那本就不該是他的問題。

所以即便她再想、再渴望，她依然逼自己悄悄將手抬起來，從他胸膛上挪開。

他沒有動，呼吸依然徐緩，頸上的脈動也同樣規律。

男人睡得很熟，如她預料的那般。

她輕手輕腳的下了床，撿起昨夜被他解開扔到一旁的貼身衣物，一一套上，身體某些部位的肌肉出乎意料之外的酸痛，讓熱氣又上臉耳，教她忍不住又朝床上的男人看去。

他依然睡得很熟，赤裸的身體萬分精實性感，引誘著她再次爬上去。

她知道他會很樂意，昨夜他已經清楚表達他的意願，可這不是個好主意。

真的不是。

況且他醒來後，可能會發現她動的手腳，下次再想要如此脫身，就會更加困難了。

他是個好人，所以那天她崩潰時，他才會那樣沉默的安慰她。那一天，他從頭到尾都不說破，就只是哼著歌，擁著她、陪著她，事後也從來不曾提及追問。

一開始，她還以為，他就是個油嘴滑舌的傢伙。

可這些日子相處下來，才發現這人的心思無比細膩，有著讓人難以置信的體貼與溫柔。

他為她保住了面子，不只一次。

無論是那天沉默的安慰，或是為她偷竊直升機、幫她弄證件、帶她過海關，雖然他各種因為所以，甚至開出一天一百塊美金的價格，還要求那可笑的附帶條件，可她知道，那都只是他為她提供的藉口。

這男人，讓她能輕鬆開口要求他做事。

她從沒遇過像他一樣的人。

一個，試圖呵護她、保護她的好人。

因為如此，縱使她想要再多留一天，她還是拾起他的手機，刪掉所有的照片，關掉電源，拿走電池，再抓起他與自己的背包，快步往門外走去，臨到門口，她卻停下了腳步。

遲疑了一下，終究又折返回來，把他的皮夾掏出來，擱在了床頭櫃上。

她並不是真的想搶劫他，只是她需要他包包裡那些易容的小東西，他輕鬆就能再次弄到它們，可她完全不曉得要去哪裡找，只能直接借用了。

情不自禁的，她再看他一眼。

他睡得很沉，一臉放鬆。

待回神，已情不自禁的摸上了他的臉，悄悄俯身在他唇上印下一吻。

他在睡夢中嘆了口氣，揚起嘴角，讓她心口緊縮。

好人一生平安。

她想著。

是好人，就該一生平安。

所以，她強迫自己起身離開，這一次，沒有回頭。

✣ ✣ ✣

Shit！

在睜眼之前，達樂就發現那個女人不見了。

他張開眼，看著天花板，赤身裸體的把四肢在空蕩蕩的床上成大字型伸展開來。

老實說，他早就習慣一個人睡覺了，能全身張開霸佔一張床多舒服啊，可此時此刻，他只覺得心情有些複雜。

惱怒不爽的同時，卻也有著莫名的愉快，還夾著一絲欣賞。

雖然他知道她遲早會跑，可就沒想過她會挑這時機對他下藥。

手上的錶顯示已經過了八個小時，他睡了整整八個小時，遠遠超過他平常的睡眠時間，她一定是對他下了藥，只是到底是何時呢？啊，是他去洗澡的時候吧？她八成那時在食物裡做了手腳。

不對，如果是那樣，他哪還有辦法對她亂來？

所以，她還是喜歡他的，要不然直接把他用藥迷昏就算了，真的完全不需要和他滾床，滿足他的慾望。

或者她只是剛好也想要？他當然知道女人也是有慾望的，既然他是現成的，乾脆各取所需利用他一下？

想起昨夜狂野的歡愉，他心跳又不禁加快，幾乎能看見、能感覺她粉唇微張，媚眼如絲的，用那溫潤的肌膚，貼著他，往復來回，在他耳邊嬌喘呻吟，讓他揪緊了床單。

身旁的床早已沒了溫度，那女人都不知道跑了多久，他現在就算想追，也不是一時三刻能追上。

所以，也不急了。

緩緩的，他爬坐起來，不出所料看見自己被她搶劫了，他的背包消失無蹤，讓他意外的是，床頭櫃上竟然擺著他的手機和皮夾。

他愣住，翻身伸手去拿，皮夾裡的錢包被拿走了一半，雖然他的證件護照全在背包裡，但要再次弄到那些，對他來說並不困難。

心中不快的鬱悶，因為她留下的錢包和一半的錢一掃而空。

至於手機，他一上手就發現重量不對，電池被她拔掉了。

他哈哈大笑，往後仰躺回床上，放鬆的邊笑邊想著她的一言一行，一舉一動。

想著想著，心又揪了起來，笑容也緩緩消逝。

昨夜有一度，他又在她眼中看到那抹愧疚，當她在浴室的鏡子裡，看到她自己的那張臉時，她撇過了臉。

她已經不只一次那麼做了，閃躲她自己的臉。

可這一次，他清楚看見潛藏在其中的罪惡感。

好像她不該如此享受，不該那麼歡愉。

在那一瞬，她變得很僵硬，痛苦從她身上輻射而出，可即便如此，他仍感覺到她想退開。

他不能接受這件事，無論是她的痛苦，或她的退縮。

所以他吻了她，他記得她在灑落的水花中，黑眸微縮，眼睫輕顫的模樣。

起初她眼裡仍有苦痛，讓他心微抽，不禁伸手撫著她的小臉，凝視著她的眼，吻著她濕潤的唇瓣，哄著她回應他，讓她把思緒拉回他身上。

那花了一點時間，可她回應了。

淚水滑落她的臉頰，他舔掉了它，然後用他所知道的所有方法，讓她除他之外，再無法去想其它。

除卻那短暫的插曲之外，她是個非常熱情的女人，完全超乎他的想像。

想起她強勢又性感的模樣，他的小弟弟又再次立正站好。

可惡，他真是太喜歡這女人了。

過去幾天，他本來還懷抱著，或許那個嚇死人的吸引力只是個錯覺，因為沒有被滿足所以才那般胡亂生長，說不定等到滿足了慾望之後，一切就會冷卻下來。

結果，現在他滿腦子只想把那逃走的女人逮回來，再來一次。

或十次？

啊靠，他瘋了吧。

笑著嘆了口氣，達樂爬起身來，到浴室沖了個冷水澡，擦乾身體，吹乾黑髮，套上衣褲，這才拿著手機、皮夾，下樓去退房，然後和櫃檯借了電話，按了一組即便他想忘記，手指卻可能到死都仍有肌肉記憶的電話號碼。

對方接了起來，用那同樣熟悉、甜美又溫暖的聲音，說出那句話。

「紅眼意外調查公司您好——」

他在她開口繼續說那串小氣鬼逼她背起來的廣告詞之前，笑著道。

「小肥，是我。」

那女人一愣，然後大叫出聲。

「達——」她剛喊一聲，就立刻反應過來，隨即收口，改成乾咳，然後小小聲又激動的匆匆說：「達樂？你跑哪去了?!你在哪？倪小姐人呢？還和你在一起嗎？武哥快氣死了——」

他被她的反應逗笑，幾乎能看見小肥縮在辦公桌下，一手遮著話筒一邊四處張望的樣子。

「她搶了我，跑掉了。」

「蛤？你說什麼？」

他抬頭望天，跳過她的問題，直接道：「我身上現在只剩錢包和一支沒有電池的手機，妳可以幫我把電話轉給阿震嗎？」

「好，我馬上轉。」聽到他要找阿震，小肥明顯鬆了口氣，火速按下三方通話。

「阿震，達樂找你。」

下一秒，男人冷靜的聲音傳來：「你在哪？」

「泰國，曼谷。」他笑著說，還來不及多說，就聽小肥已經忙著插嘴。

「倪小姐搶劫他之後跑掉了。」

他無言再望天，就聽到阿震問了一個讓他乾笑的問題：「她為什麼有辦法從你身邊跑掉？」

可惡，小肥動作也太快，阿震也太會抓重點。

他尷尬的咳了一聲，為了不要浪費時間，只能老實承認，「她對我下藥，你能幫我追蹤她的下落嗎？她把我租的車也開走了，我查了旅館的監視器，她大概是早上九點多離開的。」說著，他報出了租車的車行和車號，還有車型及顏色，以及她的手機號碼，方便阿震追蹤；這傢伙是個駭客，很頂級的那種，現在幾乎大部分的公司行號政府機關的電腦都會連網，只要那電腦有上網，阿震八成都能找到辦法駭進去，只要她還在城市裡，在有鏡頭的地方，要找到那女人，對這傢伙來說，就只是遲早的事。

「啊不過，她帶走了我的背包，應該有易容過。」他慢了半拍想起這事，苦笑著說。

「你教她易容？」阿震愣了一下。

「沒真的教，但她是個聰明人，我幫她易容的時候，她很注意細節，從頭到尾非常專心的聽我說話、看我的動作，八成一直在偷學吧。」想起那女人專注的神情，他心中又浮現一抹柔情，道：「不過也才幾天，當然不可能做得太好，只是要瞞過一般人應該也還可以，電腦的話，我就不確定了。」

阿震聞言，道：「我會把她的身高體重加上去，用她的身形讓電腦自動辨識找找看。還有，既然她不是笨蛋，那輛車可能只是障眼法。」

「我知道，就以防萬一，順便也幫我查查機場，我昨天瞄到她在查飛往印度的航班，你看一下她有沒有訂票。」他背出她幾本假護照的證件號碼，然後道：「晚點我也會去巴士和捷運站看看。對了，我和她說過只要戴墨鏡和帽子就可以解決大部分的人臉辨識系統，你可以優先尋找那些帶著墨鏡或帽子口罩的人。」

話聲方落，他就聽到阿震再問：「你用的是旅館櫃檯電話？」

他一聽就知道阿震順便追蹤了一下電話來源，他只好再回道：「她拔走了我的手機電池，我等一下會去弄支新手機再打給你。」

「那輛車的定位系統顯示它正往南開。」阿震告訴他，一邊敲打鍵盤，一邊終於還是問了那句：「你到底在想什麼？」

達樂一手插在腰上，沒好氣的說：「那女人不想被軟禁在島上，就算我不幫她，她自己也會跑，至少現在我們知道她並不是雙面間諜。」

「雙面間諜？」小肥驚呼：「倪小姐嗎？不會吧？」

「她不是。」達樂好笑的重申：「如果她是，這幾天早就找機會傳消息回組織了，可大小姐的島並沒有遭受任何襲擊，對吧？」

阿震冷淡的提醒他：「不到逼不得已，沒有人會想和藍斯．巴特對上。」

「是啦是啦，金主大人好棒棒。」他露出白牙嘲弄的說完，道：「但我認真說，那女人對紅眼沒有惡意，她只想擺脫我們，還有可能追蹤她的人，她有想做的事，而且她不想有任何跟屁蟲跟著。」

「包括你。」

達樂從那聲音中聽出一絲笑意，仍有些不快的承認。

「對，包括我。」

聞言，小肥噗嗤一聲笑了出來，然後飛快說了句：「抱歉。」

他好氣又無奈的說：「我會把那女人找回來的，拜託在我找到那女人之前，別告訴那小氣鬼，他碎唸起來真的沒完沒了，我弄到手機再打給你們。」

「來不及了，我剛通知他了。」阿震說：「他上線了。」

他暗咒一聲，在那男人的咆哮響起前，二話不說把電話掛了。

剛掛上的櫃檯電話立刻重新響起來，他按掉通話後，火速把話筒拿起來，放到一旁，給了櫃檯服務人員一張百元美金，笑著說。

「抱歉，你過幾分鐘再把話筒掛上，他再打來，你告訴他，我已經走了，還有你什麼也不知道。」

說著，沒等那人回神，他轉身就走了出去。

不久後，他在一間通訊行弄到了新電池，順便多買了支新手機和有麥克風功能的藍牙耳機，同時在旅館對面找到一間有裝監視器的店家，在萬能的班傑明．富蘭克林的幫助下，好心的店員協助他查看了監視系統，尋找沒有方向感迷路的妻子。

她是走路離開的，沒有開走租來的車，那車果然是障眼法，她可能把車轉租給其他旅客。她離開的街道通往捷運站，但他懷疑她會去搭捷運，不過還是朝那方向走去，一邊掏出新買的手機，戴上耳機麥克風，重新撥打紅眼的號碼。

這回不是小肥接的，是那小氣鬼。

「你找到她了嗎？」

出乎他意料之外，男人的聲音異常冷靜，但仔細一想，好像又沒那麼意外，這傢伙向來很清楚事情的輕重緩急，他要是在關鍵時刻只會發火，也沒辦法活到現在，他通常在遇到問題時會先處理問題，等處理完後才會大爆炸。

可惡，現在回想起來，自己也有同樣的習慣，所以才會先掛電話，因為他真的很懶得和歇斯底里的人講話，那種人通常無法好好溝通，只會情緒激動地一直吼叫，實在很浪費時間。他原以為他還得多掛他幾次電話，這傢伙才會冷靜下來，結果卻只讓他發現，自己真的受這男人影響很深。

「沒有。」快步跟著女人曾走過的方向前進，達樂把新手機塞到口袋裡，打開舊手機，一邊從手機叫出相片軟體，原先和她一起拍的照片被她刪除一空，他扯著嘴角，手指飛快連點，幾個動作就利用肯恩之前給他的軟體，還原了被刪除的照片，一邊一心二用的透過藍牙耳機回答那傢伙，說：「我還沒找到她。」

「阿震查過了，她沒有訂票，也沒有出現在機場。」韓武麒告訴他最新的進度，然後深吸口氣，問：「達樂，你相信那個女人嗎？」

這問題，讓他一愣。

「什麼意思？」

「我相信你的判斷。」男人告訴他：「如果你相信她，我就相信。」

達樂走在街上，只覺心口一熱。

媽的，這傢伙真的很會耶。

雖然萬分不爽，他還是瞇著眼，斬釘截鐵的回答。

「我相信。」

這一句，讓韓武麒笑了，邊笑邊罵。

「靠，她不只是對你下藥而已，對不對？」

他有些窘，皮笑肉不笑的說：「你別想套我話。」

男人聽了只大笑出聲，「你這就叫此地無銀三百兩，哈哈哈哈——」笑著笑著，他才想起來自己現在遇到的召人困境，不由得轉為苦笑，「可惡，就叫你不要和客戶亂來了！媽的，你這小子是不是故意的？」

「你是不是以為全世界都繞著你轉？」他齜牙咧嘴的道。

「你知道這句反問，反而更加坐實了你真的是被迷得暈頭轉向嗎？」韓武麒頭痛的仰頭嘆氣，要在平常，這小王八蛋早就回一句是又怎樣或關他屁事，或是故意要拿那紅娘謠傳氣他了，這時不回答他也不否認，就是因為陷下去了啊。

聽到這話，達樂臉微熱，一時間，有些惱羞成怒，不禁爆了句粗口，才道。

「你有完沒完，現在是怎樣？你到底要不要說正事？」

「要，當然要，我只是很高興你也有這天。」韓無奈又感慨的笑著說完這句，在這小子抓狂前，認真說：「不說廢話了，阿震說你覺得那女人有事情想做，對嗎？她既然待在那組織裡這麼久，想做的事八成和那組織多少有些關係。達樂，你聽好了，找到那女人，告訴她，不管她想做什麼，都得再等一等。」

「為什麼？」

「我有個計劃。」

「你每次說這句都沒好事。」來到大路邊，達樂在紅燈前停了下來，翻著白眼，哼聲嘲諷的說：「好像撒旦坐在地獄的王座上，因為太無聊，所以彈了個手指，告訴其他倒霉鬼說——」

話到這，他刻意壓低了聲嗓，模仿撒旦的聲音，搞笑的說：「嘿，親愛的，我有個計劃。」

韓聽了，再次大笑起來，邊笑邊說：「你這死小子真的很會耶，不過等一下，你是在說你就是那個地獄倒霉鬼嗎？」

「哈，不是嗎？」他再次用鼻孔噴氣。

「當然不是，我保證這次，對你有益無害。」

「最好是。」

「我發誓，如果我說謊，三天不用小雞雞。」

「媽的，那樣你還要不要尿尿？你這老色鬼，你是不是剛剛沒想到這件事？還是你已經老到尿不出來了？」達樂忍不住笑著和他鬥嘴，雖然這聽來是個玩笑，可這傢伙以前真的發過可笑的誓言，若沒做到，還真的會照那可笑的誓言去執行。

「就和你說我只大你幾歲而已好嗎？你以為我是耿叔嗎？」韓武麒好氣又好笑的說：「我這麼說是展現我的誠意，OK？」

達樂嗤笑一聲：「你要真有誠意，就說些做得到的，一個月不能和嵐姐上床。」

「你這臭小子有沒有良心？要也三天好嗎？三天變成一個月，你的通貨膨脹會不會太誇張？」

「我至少還讓你去尿尿啊，不然十天好了。」他露齒笑著說。

「五天。」他開口殺價。

「七天。」達樂眼也不眨的還價。

「成交。」韓武麒火速答應，反正這陣子他也忙到沒空找老婆做愛做的事。

達樂笑得樂不可支，這才道：「好吧，把你的計劃說來聽聽。」

聞言，男人把握機會，迅速告訴他，關於他那個小小的拯救計劃。

達樂聽了一愣，正色問。

「你確定嗎？」

「當然。」韓武麒語帶笑意，敲著桌子道：「但我還需要一點時間。」

那個計劃超級瘋狂，達樂有些不敢相信，可他想了想，換了別人就算了，換了這男人還真的有可能辦到，而且整件事確實對他有益無害，所以他開口同意。

「好，可以，我會試著說服她。」

「手機別關，阿震若有最新消息，會在第一時間通知你。」

「收到。」

達樂原以為男人會就此收線，沒想到卻又聽到他認真的叫他的名字。

「達樂。」

「嗯？」

「自己小心。」

達樂一愣，真沒料到這句，才剛覺得有些感動，就聽他說。

「你要是被拋棄了也沒關係，失戀的話，記得回來就好，就算那女人不需要你，我也需要，好嗎？」

「媽的，你慢慢作夢吧！」

說完，他率先按掉了通話鍵，可在同時，卻也在店家玻璃的倒影中，看到自己臉上掛著的笑。

可惡，她說得還真沒錯。

或許他從來就不是真的討厭武哥來找他。

那男人來找他，恐怕也並非真的為了錢或想找他做白工。

達樂好氣又好笑的插著腰，看著倒影中的自己，想著過去這些年，那男人想出的各種荒謬的討債理由。

在內心深處，他大概一直都明白這傢伙在幹什麼。

靠，他是不是有被虐的M體質啊？

他翻了個白眼，自嘲的笑著轉身，在燈號變綠時，大步穿越馬路。

前往捷運站時，他一邊快速的尋找她與他這幾天拍的情侶照，把她與他貼臉的合照上濾鏡、做特效，加入一堆粉紅愛心符號，再將照片設置成桌布。

那女人拿走了他的背包，但他不認為她有時間慢慢易容化妝，等到了捷運站，他立刻掛上一臉憂心忡忡的表情，拿著手機桌布詢問站務人員，有沒有看到他迷路走失的酷酷小甜心。

國家圖書館出版品預行編目資料

鬼牌・上冊/黑潔明作. -- 初版. -- 臺北市：春光出版,
城邦文化事業股份有限公司出版：英屬蓋曼群島商家
庭傳媒股份有限公司城邦分公司發行, 2025.08
冊； 公分

ISBN 978-626-7578-41-4（上冊：平裝）

863.57 114009617

鬼牌・上冊

作　　者／黑潔明
企劃選書人／王雪莉
責 任 編 輯／王雪莉、高雅婷

版權行政暨數位業務專員／陳玉鈴
資深版權專員／許儀盈
行銷企劃主任／陳姿億
業 務 協 理／范光杰
總　編　輯／王雪莉
發　行　人／何飛鵬
法 律 顧 問／台英法律事務所　羅明通律師
出　　　版／春光出版
臺北市 115 臺北市南港區昆陽街 16 號 4 樓
電話：（02）2500-7008　傳真：（02）2502-7676
E-mail：stareast_service@cite.com.tw
發　　　行／英屬蓋曼群島商家庭傳媒股份有限公司城邦分公司
臺北市115臺北市南港區昆陽街 16 號 8 樓
書虫客服服務專線：（02）2500-7718 /（02）2500-7719
24小時傳真服務：（02）2500-1990 /（02）2500-1991
服務時間：週一至週五上午9:30～12:00，下午13:30～17:00
郵撥帳號：19863813　戶名：書虫股份有限公司
讀者服務信箱E-mail: service@readingclub.com.tw
歡迎光臨城邦讀書花園 網址：www.cite.com.tw
香港發行所／城邦（香港）出版集團有限公司
香港灣仔駱克道193號東超商業中心1樓
電話：（852）2508-6231　傳真：（852）2578-9337
E-mail : hkcite@biznetvigator.com
馬新發行所／城邦（馬新）出版集團　Cite（M）Sdn. Bhd
41, Jalan Radin Anum, Bandar Baru Sri Petaling,
57000 Kuala Lumpur, Malaysia.
Tel:（603）90578822 Fax:（603）90576622 E-mail:cite@cite.com.my

封 面 設 計／曾家瑜
內 頁 排 版／芯澤有限公司
印　　　刷／高典印刷有限公司

■ 2025 年 7 月 31 日初版一刷
■ 2025 年 8 月 15 日初版 6.5 刷
Printed in Taiwan

售價／420元

城邦讀書花園
www.cite.com.tw

版權所有・翻印必究

ISBN 978-626-7578-41-4

廣	告	回	函
北區郵政管理登記證			
臺北廣字第000791號			
郵資已付，免貼郵票			

臺北市 115 臺北市南港區昆陽街 16 號 8 樓
英屬蓋曼群島商家庭傳媒股份有限公司
城邦分公司

請沿虛線對折，謝謝！

愛情・生活・心靈
閱讀春光，生命從此神采飛揚

春光出版

書號：OF0111	書名：鬼牌・上冊

請於此處用膠水黏貼

讀者回函卡

射您購買我們出版的書籍！請費心填寫此回函卡，我們將不定期寄上城邦集
最新的出版訊息。亦可掃描 QR CODE，填寫電子版回函卡

姓名：________________

性別：□男 □女

生日：西元________年________月________日

地址：________________

聯絡電話：________________ 傳真：________________

E-mail：________________

職業：□ 1. 學生 □ 2. 軍公教 □ 3. 服務 □ 4. 金融 □ 5. 製造 □ 6. 資訊

□ 7. 傳播 □ 8. 自由業 □ 9. 農漁牧 □ 10. 家管 □ 11. 退休

□ 12. 其他 ________________

您從何種方式得知本書消息？

□ 1. 書店 □ 2. 網路 □ 3. 報紙 □ 4. 雜誌 □ 5. 廣播 □ 6. 電視

□ 7. 親友推薦 □ 8. 其他 ________________

您通常以何種方式購書？

□ 1. 書店 □ 2. 網路 □ 3. 傳真訂購 □ 4. 郵局劃撥 □ 5. 其他 ______

您喜歡閱讀哪些類別的書籍？

□ 1. 財經商業 □ 2. 自然科學 □ 3. 歷史 □ 4. 法律 □ 5. 文學

□ 6. 休閒旅遊 □ 7. 小說 □ 8. 人物傳記 □ 9. 生活、勵志

□ 10. 其他 ________________

請於此處用膠水黏貼